Luís Miguel Nava

POESIA

edição de
Ricardo Vasconcelos

Título: POESIA
Luís Miguel Nava

Fotografia da capa: Paulo Silveira, a quem agradecemos a sua amável cedência.

1ª. Edição, 2024

Supervisão de arte: Carlos Renato

Nota do editor: por fidelidade, a edição brasileira mantém a ortografia da edição portuguesa original

Dados Internacionais de Catalogação na Publicação (CIP)
(Câmara Brasileira do Livro, SP, Brasil)

Nava, Luís Miguel, 1957-1995
Poesia / Luís Miguel Nava.
São Paulo: Autores e ideias: Assírio & Alvim, 2024.
ISBN 978-65-84832-13-8

1. Poesia portuguesa I. Título.

23-184111 CDD-869.1

Índices para catálogo sistemático:
1. Poesia : Literatura portuguesa 869.1
Eliane de Freitas Leite - Bibliotecária - CRB 8/8415

ASSÍRIO & ALVIM é um selo editorial publicado no Brasil pela Autores e Ideias Editora Ltda. sob licença da Porto Editora S.A.

Contato: assirioealvimbrasil@gmail.com
@assiriobr
www.assirio.com.br

REPÚBLICA PORTUGUESA
CULTURA
DIREÇÃO-GERAL DO LIVRO, DOS ARQUIVOS E DAS BIBLIOTECAS

Edição apoiada pela Direção-Geral do Livro, dos Arquivos e das Bibliotecas/Cultura - Portugal

POESIA

UMA POESIA COM O CORAÇÃO A DESCOBERTO

> (…) *creio já ter visto um livro brilhar como*
> *se fosse o mar quem nele ao rebentar depositasse o texto.*
>
> *Escrevo no vazio, onde o meu livro me devora, onde a carne se expande.*
>
> Luís Miguel Nava

Era há muito desejada a reedição da obra de Luís Miguel Nava, desaparecida das livrarias há vários anos, apesar do interesse que nela continua a existir não só em Portugal, onde os seus livros se esgotaram sucessivamente, mas também no Brasil. A relevância da edição da *Poesia* que agora se apresenta é de assinalar por não só incluir todos os poemas que o autor publicou em vida, mas também por trazer a público um conjunto muito substancial de textos inéditos ou parcialmente inéditos — nomeadamente *O Livro de Samuel* e *Romance* —, que são apresentados devido à sua qualidade e ao facto de contribuírem para uma compreensão mais global da escrita de Nava. Isto é feito sem nunca se esconder o estado mais ou menos fragmentário em que os mesmos textos se encontravam aquando da morte do autor, e sem que se procure atribuir uma dimensão de completude a textos que a não chegaram a ter, não obstante o trabalho editorial que aqui foi levado a cabo para os tornar mais acessíveis ao público leitor.

Um quarto de século depois do desaparecimento de Luís Miguel Nava, é chegada a hora de reapresentar a sua obra poética, para que os novos e velhos leitores possam reconhecer o valor que ela mantém no presente e aferir aquele que virá a ter no futuro. Ciente de que esse é um trabalho hermenêutico a ser feito ao longo das próximas décadas, esta introdução visa apenas lembrar algumas linhas de força da poesia de Nava, sobretudo para o público que dela seja menos conhecedor, além de, obviamente, documentar de forma transparente o processo de fixação dos textos. No manuscrito de *Romance*, ecoando de forma consciente e explícita as palavras de Mário Sá-Carneiro no poema «Caranguejola» («Daqui a vinte anos a minha literatura talvez se entenda»), Nava fala de uma «escrita que, para ser compreendida ou apreciada, necessitasse de envelhecer, como se o que nela fosse novo a afastasse dos leitores, impedindo-os de ver o que nela houvesse de essencial». Esse processo de familiarização estará ainda em parte por fazer, no que diz respeito aos livros que o autor publicou em vida, mas será agora reiniciado, também por conta dos textos até aqui inéditos. Em suma, a poesia fará o seu caminho até ao leitor, falando por si mesma.

Luís Miguel Nava nasceu em Viseu a 29 de Setembro de 1957 e repartiu os seus estudos entre as escolas dessa cidade e o Colégio dos Carvalhos, nos arredores do Porto, onde estudou entre 1965 e 1967. Foi em Viseu, contudo, cidade cujo «tradicionalismo atrofiante» chegou a lamentar, que concluiu o ensino secundário, precisamente em 1974, em pleno contexto da Revolução de Abril. Daí partiu, em 1975, para a capital portuguesa, onde se licenciou em Filologia Românica, em 1980, na Faculdade de Letras da Universidade de Lisboa. Na mesma instituição frequentou também o mestrado em Literatura Francesa, entre 1980 e 1982. Por essa altura, Nava ensinou na Escola Alemã de Lisboa e, ainda na mesma Faculdade de Letras, exerceu funções de professor assistente, entre 1981 e 1983, ano em que rumou a Inglaterra para trabalhar como leitor de Português na Universidade de Oxford. Já em 1986, mudou-se para Bruxelas, aí iniciando funções como tradutor do Conselho da União Europeia. Acerca deste último trabalho, Luís Miguel Nava referiu mesmo, num rascunho de uma carta de finais de 1994 em que solicitava à instituição empregadora uma licença que lhe conferisse mais tempo para escrever, que sempre fora sua intenção poder conciliar a sua actividade profissional com a de poeta e ensaísta, como ficara implícito no *curriculum vitae* que entregara aquando do seu concurso de admissão, onde mencionara as obras que até então tinha publicado. Poucos meses depois de escrever essa carta, já em Maio de 1995 — há precisamente vinte e cinco anos — Luís Miguel Nava era assassinado no seu apartamento na capital belga, aos 37 anos de idade.

Uma vez que a sua morte, desde cedo, mais do que se insinuar, verdadeiramente se intrometeu na interpretação da sua obra poética, procurando-se, por absurdo, assinalar nesta prenúncios daquela, importa notar que a sentença do tribunal que julgou o caso vincou ter-se tratado de um homicídio particularmente vil levado a cabo com o fim de executar um roubo. Na ocasião, o tribunal rejeitou ainda, por completo, a tese de crime passional, descartando cenários e rumores vários que logo se formaram. Os esforços, na ocasião, para encontrar na escrita e na morte de Luís Miguel Nava a partilha de algum sentido em comum, ainda que na altura, tão a quente, pudessem ser compreensíveis, por serem tentativas de perspectivar uma obra interrompida precocemente e, tanto quanto possível, o absurdo de uma morte violenta, hoje em dia devem ser lidos como biografismos deslocados. Mais concretamente, as interpretações da obra de Luís Miguel Nava como projecções da sua morte ou, ainda mais bizarramente, a referência a esta como uma qualquer *performance* da sua obra, levam apenas a criar uma estranha aura mítica — quase a de um poeta maldito — que no entanto ajuda unicamente a esconder os verdadeiros e muitos méritos desta poesia. O facto é que, um quarto de século após o desaparecimento de Luís Miguel Nava, é mais do que nunca importante reler a sua poesia, para compreender melhor o seu papel nas poéticas dos anos 80 e 90, o impacto que terá tido nos escritores que o seguiram, e a vitalidade que o seu discurso mantém para o leitor actual, e para tanto é necessário que novos públicos tenham a ela acesso.

Entre 1979 e 1994, Luís Miguel Nava publicou uma obra poética que se afirmou progressivamente como distinta da escrita dos seus contemporâneos. Esta originalidade deveu-se a um conjunto de factores. Desde logo, numa época em que grandemente se valorizava uma recriação do quotidiano de referencialidade mais imediata, Nava criou um universo poético de natureza profundamente metafórica e optou por apresentar múltiplas alegorias da experiência do mundo. Por outro lado, escreveu uma poesia que apresenta uma fortíssima coerência temática ao longo de todos os livros, estruturando-se em torno de referentes tropológicos como o mar, o coração, a memória, a pele, a luz e o céu, certamente presentes quer na tradição lírica portuguesa, quer nas de outras latitudes. Mas aqui, alguns destes referentes são desde cedo apresentados a partir dos traços mais elementares da sua fisicidade, que precisamente exponenciam os sentidos das metáforas em que se convertem, como quando lemos que «o mar está-lhes na pele» («Na pele»), que a «pele serve de céu ao coração» («O céu»), ou ainda de alguém a quem «o coração oxida» («Hosana»).

Com a troca de um erotismo de tonalidades mais diurnas por outro mais profundamente visceral, ou em termos mais freudianos, à medida em que se pressente a sombra de Tânatos sobre Eros, a poética de Nava torna-se também um universo onde ocupam especial importância a carne, as entranhas (ou as vísceras), os ossos, o sangue ou as trevas. De facto, citando um dos seus poemas, «A noite», na evolução deste discurso «não tardou que as trevas irradiassem das nossas próprias entranhas». O espaço discursivo é exposto de forma progressivamente mais radical e ao mesmo tempo mais obscurecido, como quando lemos de alguém a quem se lhe colaram as «entranhas à memória» («Frestas»), ou que tem os «ossos empedrados» («Paisagem citadina»), ou ainda que tem *O Céu sob as Entranhas*, título do penúltimo livro publicado em vida. A poesia de Nava trata sempre de «metáforas atadas / por dentro ao próprio corpo que nomeiam». Isto é, a representação da relação do eu com o universo parte sempre do corpo ou rapidamente a ele chega, num tipo de apresentação ao mesmo tempo somática e tropológica que será porventura única na tradição poética ocidental, já que o corpo não é contemplado friamente a partir do seu exterior, mero objecto de desejo, nem é um vago depósito de emoções e sentimentos, mas antes é instrumentalizado até às vísceras para dar conta seja da intensidade da experiência amorosa, seja da crueza da experiência do mundo. A poética de Nava faz particular sentido à sua época, quando Lipovetsky reconhecia um recrudescimento do desejo de conhecer a «interioridade do corpo»; Nava por sua vez usa essa interioridade para conceptualizar melhor toda a realidade circundante.

A este respeito, Carlos Mendes de Sousa cedo assinalou a influência que a pintura de Francis Bacon tem na poesia de Nava, e de facto é mesmo de salientar que talvez esta escrita seja aquela mais marcada pela imaginação do pintor em termos da representação do corpo; seguramente é nessa pintura que esta representação encontra o seu mais claro paralelo, mais do que em qualquer outra escrita portuguesa ou estrangeira.

Finalmente, diga-se que duas outras linhas de força principais que contribuem para a coerência e o carácter único da obra de Nava são um cuidado formal absoluto na sintaxe textual e, por outro lado, a relevância que a prosa poética ganha, progressivamente, na sua escrita. Quanto à construção textual, num período em que muitas vezes brilhou o verso livre associado à não frase, o privilégio da imagem e da sucessão dessas imagens justapostas num efeito de montagem cinematográfica — pense-se por exemplo em Al Berto, a outra voz que, com Luís Miguel Nava, mais se destacou publicamente, dentre aquelas que desenvolveram a sua escrita no meio literário português entre os anos 70 e a primeira metade da década de 90 —, Luís Miguel Nava privilegiou a exactidão sintática do discurso, seja nos poemas em verso seja nos poemas em prosa. Esta mesma sintaxe rigorosa acaba por expandir-se amplamente, por exemplo através de uma hipertrofia da subordinação, de uma forma cada vez mais intrincada, com o gradual crescimento dos poemas em prosa, que passam de pequenos poemas-parágrafos a narrativas de duas ou três páginas. É este mesmo, decerto, um dos aspectos mais desconcertantes da poética de Nava: o recurso a uma elaboração da sintaxe cada vez mais prolixa, que está particularmente presente em «contos fantásticos» que formam «um género literário híbrido», de características narrativas e teor poético, na linha de outros autores na nossa tradição lírica, para usar as palavras de Gastão Cruz.

Vale a pena reconstituir alguns dos momentos principais da evolução desta obra poética. É sabido que Luís Miguel Nava se dedicou desde muito cedo à escrita de poesia, chegando ainda em 1974 a publicar numa edição de autor um pequeno livro de versos, *O Perdão da Puberdade*, em que assinava como Perry Nava. Não tardaria muito, porém, a por completo rejeitar esta e outra juvenília. Para tanto contribuiu fundamentalmente uma figura que se tornaria tutelar no início da sua actividade literária, Eugénio de Andrade, escritor cujos ecos, aliás, são visíveis nos primeiros livros. Numa carta a Eugénio de 16 de Junho de 1975 — a primeira de uma correspondência que os dois mantiveram até à morte do escritor radicado em Bruxelas — Luís Miguel Nava referia-se àquele que foi o verdadeiro início do seu processo de maturação como escritor, bem como à importância que Eugénio tivera nesse processo, por esses mesmos dias. De facto, acabado de regressar a Viseu de uma viagem ao Porto, onde fora conhecer o autor de *As Mãos e os Frutos*, Nava afirma ter imediatamente procedido a «rasgar muitos dos poemas que por cá tinha, nada menos nem nada mais que 55». Luís Miguel Nava agradeceria mesmo a Eugénio de Andrade o facto de lhe ter apontado «messianicamente a (...) ignorância» sem lhe ter acusado o que o próprio Nava chama de «atrevimento» de a expor, numa carta escrita três dias depois, no dia 19.

Em 1978, Luís Miguel Nava recebe o Prémio Revelação de Poesia da Secretaria de Estado da Cultura em colaboração com a Associação Portuguesa de Escritores, com o livro *Películas*, que é publicado no ano seguinte, 1979, na Moraes Editora. Em 1981, publica *A Inércia da Deserção* (& etc) e, em 1982, *Como Alguém Disse* (Contexto). Em linhas muito gerais, dir-se-ia que estes primeiros livros são marcados pela descoberta da voz poética, pela representação de certa juventude da experiência, e pelo aproximar-se das temáticas, áreas semânticas e dos recursos tropológicos que depois se definirão como essenciais à sua escrita. A sua conhecida «*Ars poetica*», neste livro, enuncia a opção pelo fazer metafórico que marcará a obra como um todo, e precisamente um dos conceitos que estarão mais presentes como metáfora: «O mar, no seu lugar pôr um relâmpago». Dezasseis anos depois, em *O Livro de Samuel*, Nava falará do «mar como uma coisa vaga que ele trouxesse nos bolsos», e em *Romance* dirá ainda que «o mar é conjugável como um verbo»; são citações que com alguma ironia crítica parecem aludir à omnipresença do conceito *mar* no discurso poético e à função de *leitmotiv* — quase um significante flutuante — que este chega a assumir na poesia de Nava.

Veremos nesses primeiros livros de poemas, que o poeta haveria de considerar um só volume a que deu o título *Onde à Nudez*, ecos relativamente distantes de uma poesia da experiência e inclusive do famoso apelo para «voltar ao real», de Joaquim Manuel Magalhães, em 1981, ecos estes que em Nava se prendem sobretudo com a apresentação da experiência amorosa. Como acontecerá ao longo de toda a obra, não obstante, o discurso de ressonâncias eróticas evitará sempre o carácter mais explicitamente homoerótico, que no contexto português, à época, continuava a ser recriminado como excessivamente *confessional*. Daí que seja muitas vezes com alguma ambiguidade que a figura do «rapaz» entra nesta obra. Frequentemente surge em formulações em torno de um rapaz que tanto podem aludir à memória do próprio sujeito, como serem referências a outra pessoa («Poder-me-ão encontrar, trago um rapaz na minha / memória», «Falésias»). Mais raramente, este rapaz é de forma mais explícita um objecto do desejo amoroso e sexual, como quando fala desses «rapazes que circulam / por Lisboa no verão» («Na pele»). Quanto ao regresso às histórias simples, rapidamente Nava se distancia desse paradigma, com o qual, aliás, só tangencialmente se relacionou.

A partir de *Rebentação* (& etc, 1984), a obra poética de Nava ganha maior definição. Passa claramente a recorrer a um modo de fazer profundamente metafórico e mesmo alegórico, avesso aos discursos mais hegemónicos dos poetas que se apresentavam entre os anos 70 e 80. Ao mesmo tempo, produz alguns dos mais interessantes poemas da década dedicados a uma reflexão sobre a própria construção do sentido, em diferentes composições metapoéticas. O erotismo, por sua vez, continua repleto de juventude e luminosidade. Dois poemas que poderiam ilustrar estes dois aspectos do livro seriam, por exemplo, «O infinito» e «Decalcomania». No primeiro deles, o poeta diz-nos que «é isto justamente o infinito — o interior de um espelho em face do qual outro foi posto», em que os dois espelhos «amorosamente se interpelam», numa construção que já indicia a poética do excesso experienciado no amor. Já em «Decalcomania» fala-se de palavras que, «como se as coisas a que estão presas encolhessem, ganham folgas», isto é, de conceitos que, num procedimento tropológico, adquirem sentidos inovadores e surpreendentes. Vários outros poemas deste livro reflectem particularmente sobre as dimensões denotativa e conotativa do discurso e no modo como estas entram na busca de sentidos para a vida que preside sempre à criação poética. Assim vemos aparecerem imagens construídas em torno de elementos como pregos ou adesivos, sempre considerados a partir do reconhecimento da dificuldade de se fazer as palavras «aderir ao mundo e umas às outras entre si» («Eu, ele»).

Completando a sua primeira década de publicações, Luís Miguel Nava lança em 1989 *O Céu sob as Entranhas*, livro que aprofunda o processo de subversão das relações entre eu e o mundo, desautomatizando--as em benefício de uma abordagem simbólica e metafórica dos referentes do interior humano e daqueles externos ao corpo. Este é o livro do poema em prosa «Matadouro», que se tornou icónico da poética de Nava, em que se diz que «Só num espelho assim saído há pouco das entranhas dum ser vivo / se desenha a nossa verdadeira imagem». Várias são as ideias conjuradas, neste e noutros poemas, associadas a experiências intensas e extremas, capazes sobretudo de recordar ao indivíduo a sua finitude, a sua mortalidade. Por outro lado, desta espécie de celebração de um sacrifício prévio não parece resultar qualquer redenção divina, nenhuma religação a qualquer espécie de deus, mas o prazer, seguramente bastante libidinal, de transgredir a própria ideia de harmonia dos órgãos do corpo. É a devolução do sentido do corpo como *soma* e da identidade humana ainda como animal que parece satisfazer o sujeito.

Ao mesmo tempo, este é um livro onde ainda se afirmam particularmente a sensualidade e a sensorialidade de cariz mais evidentemente amoroso, em passagens como «ao exibirmos / as correias que prendem ao destino o coração / sentimos / romper-se a pele sob a cegueira dos tecidos» («Cegueira»), ou mais evidentemente a afectividade, como quando o sujeito nos diz avançar «num duplo coração como se fosse / ao mesmo tempo num só barco por dois rios» («Dois rios»).

Finalmente, em *Vulcão*, último livro do autor, publicado em 1994, o amor parece ter até certo ponto desertado desta poética, restando dele sobretudo ecos e lembranças; pense-se em passagens que nos apresentam «a alma aberta como uma ferida / ao longo da memória» («O tímpano e a pupila»), ou precisamente aquela que nos lembra a «carne / onde inda vibram / do extinto amor os ecos» («Os ecos»). Em contrapartida, *Vulcão* é o livro que se expande mais claramente para abarcar um universo das trevas e mesmo da morte, dizendo o sujeito: «envolvem-nos as trevas / os ossos, dir-se-ia / que a própria morte / nos serve aqui de pele» («Trevas»). O corpo é em *Vulcão* tratado com especial algidez, e as metáforas que servem para ilustrar a experiência da vida, particularmente, quase sempre tratam a carne e as vísceras a partir da sua mais concreta materialidade. Com elas coabitarão vários referentes do mundo da técnica, que de alguma forma sinalizam a objectificação do humano, a partir das partes do seu corpo. Aí encontramos a «carne que os guindastes / suspendem» ou estendida «no mármore» («Os ecos»); fala-se do próprio «interruptor da vida» («A fome»), de conceitos como motor, calorífico, balança, radar, ou do momento «antes de o asfalto lhe subir ao coração» («Crepúsculo»). Sendo sempre uma carne metafórica, a maneira como ela é manipulada pela máquina e observada com distanciamento torna pertinente lembrar a afirmação de David Le Breton, em 1992, segundo a qual o corpo entrara na era da sua reprodutibilidade industrial — algo que, aliás, só se enfatizou desde então. Por outro lado, apesar de Nava se encontrar muito longe de uma retórica futurista, como é evidente, talvez a forma como corpo e máquina aqui se relacionam só encontre eco, na nossa lírica, no Álvaro de Campos mais futurista, que integra máquina e corpo numa relação de tipo libidinal, e normalmente também a partir da sujeição do corpo à crueza de mecanismos vários.

Importa ainda referirmo-nos a *O Livro de Samuel* e *Romance*, cujos critérios de fixação se apresentam em detalhe mais adiante. De acordo com Alexandre Garcia, num testemunho na revista *Relâmpago* 16 (4/2005), as datas associadas aos ficheiros originais no computador de Luís Miguel Nava eram 29 de Abril de 1995, para *O Livro de Samuel*, e 9 de Fevereiro de 1995, para *Romance*. Não será possível, contudo, destrinçar com rigor o período da escrita destes textos, desde o seu início, e da cópia para o computador, além de indicar que *O Livro de Samuel* continuou a ser trabalhado até mais tarde. O facto é que, pelo seu teor e características, ambos parecem ter começado a ser escritos pelo menos desde a publicação de *Vulcão*, no final de 1994, não sendo de excluir que alguns fragmentos possam ter sido escritos ainda antes da conclusão desse livro. Diga-se que os dois textos apresentam afinidades e diferenças. Desde logo, *O Livro de Samuel*, projecto de narrativa longa em que, de acordo com os amigos de Luís Miguel Nava, o escritor trabalhava por algum tempo já próximo da sua morte, apresenta um grau de completamento bastante superior ao de *Romance*, com sequências completas da dimensão de parágrafos longos ou mesmo de várias páginas, e com óbvias conexões ao nível do sentido ao longo de todo o documento. Já *Romance* é essencialmente um conjunto muito mais fragmentado, em que os referidos fragmentos parecem estar menos inter-relacionados, e em que alguns deles até parecem dialogar directamente com *O Livro de Samuel*, sugerindo que possam ter sido pensados para ou retirados desse documento. Em contrapartida, *O Livro de Samuel*, documento em cujo desenvolvimento o autor claramente chegou mais longe, apresenta mais variantes, enquanto *Romance* apresenta muitas frases soltas, imagens a desenvolver, lado a lado com parágrafos completos, alguns dos quais na linha dos melhores poemas em prosa curtos que o autor escreveu.

O Livro de Samuel visava apresentar a figura de alguém — Samuel — que decide escrever as histórias de vida de diferentes pessoas que dele se acercam com esse fim. O grau de desenvolvimento do texto permite conhecer fragmentos dessas histórias, bem como reflexões do próprio Samuel acerca da actividade que se propõe fazer. Mas o texto apresenta sobretudo vários tipos de proposições de cariz poético e metaliterário que valem por si mesmas. Desde logo o texto reflecte sobre o conceito de livro e a própria escrita, actividade envolvida numa busca de um sentido que é perpetuamente diferido. Nesse contexto, diz-nos a respeito de Samuel que

> O que quer que ele escrevesse ali mais não seria, sempre, do que a sombra desse outro livro, fulgurante, eternamente por escrever, livro sensível, todo ele língua, acuidade, desligando as portas sobre os órgãos, livro eléctrico, manhã que sobre as suas folhas consubstanciasse a última palavra.

Esse outro livro, ideal, é o de Mallarmé, que se deseja que congregue tudo o que existe para nele entrar, e é distinto daquele que Samuel infrutiferamente enceta. Mas na descrição da idealidade deste livro, ele é apresentado como «sensível», «eléctrico» e capaz de controlar até a fisiologia. Samuel debate-se com a sua escrita, com a página em branco, pois as «palavras depois recusavam-se a entrar no livro». Debate-se ainda com o projecto almejado, uma vez que «nada daquilo ganhava consistência, as pessoas ficavam-lhe mais despidas no papel do que ao chegarem ao mundo». As dificuldades passam também por vencer o modo descritivo, a pessoa descrita, já que Samuel tentava «desviar o tempo do imperfeito para o perfeito e desse modo abrir caminho à narrativa». A Nava interessa, neste projecto, a ideia de «um livro soterrado, a que só quem pudesse ler letras soterradas tivesse acesso», num tipo de escrita particularmente exigente para o leitor. É aliás essa uma característica já das prosas mais longas de *Vulcão*.

Embora *O Livro de Samuel* não tenha chegado a ser concluído, nele se encontram várias passagens sugestivas que vão ao encontro de muitos dos temas tratados pela poesia publicada em vida por Luís Miguel Nava. Numa reflexão metaliterária, diz-se que as palavras têm «configuração já de falésias desabando-lhe nas vísceras» e noutra passagem, também pensando o peso que as palavras podem adquirir, fala-se de «uma palavra, dessas que ao cair na água a fazem ondular mais que uma pedra». Confirmando a coerência temática, reflecte-se sobre a palavra que atravessou «subterraneamente toda a narrativa» e que «era a palavra "mar"», ainda e sempre.

Porém o texto vai além de reflexões metaliterárias. Falando, por exemplo, da memória, deixa-nos mesmo uma imagem belíssima:

> as lembranças ganham a ousadia do que foi perdendo a cor ao longo do percurso, riacho que nas pedras foi largando o azul cantante até se reduzir a um fio inexpressivo, uma incisão no tempo, na memória, onde tudo o que era branco houvesse ardido de um fogo propagado no interior (…)

Em *Romance* o leitor encontra múltiplos fragmentos de texto, por um lado mais próximos da obra já conhecida de Luís Miguel Nava, quer pelo frequente formato do poema-parágrafo, quer pelos temas tratados, que ecoam muitos dos livros anteriores, e ao mesmo tempo várias passagens que são apenas ideias de imagens a serem desenvolvidas. Mais do que em *O Livro de Samuel*, a ordenação dos textos não segue um sentido óbvio, antes parecem ser esboços avulsos escritos à medida que iam sendo pensados. Naturalmente, há núcleos de fragmentos consecutivos que tratam o mesmo tema, que são variações sobre ele. Na sua edição, além de se preservarem as passagens mais completas, optou-se por manter tanto quanto possível esses esboços de imagens, já que mesmo incompletos eles apresentam ao leitor perspectivas originais. Nessas passagens mais curtas, contrariamente ao habitual em Nava, o texto nem sempre obedece a uma sintaxe de frase, tratando-se muitas vezes apenas de sintagmas nominais. Uma sequência interessante, que o ilustra, apresenta-nos variações sobre a carne, pensada sob diferentes perspectivas:

> A carne etimológica, da qual todo o sentido da paisagem parecia derivar.
>
> A carne residual, por onde a luz se entranha e entenebrece, absorve o firmamento.
>
> A carne exponencial.

Noutra passagem, a carne «é acesa como um rádio, com toda a estereofonia dos sentidos à mostra», numa interessante imagem alusiva porventura à sexualidade e decerto ao exacerbamento da sensorialidade.

Se em *O Livro de Samuel* se fala das «paredes do mundo», procurando reflectir sobre a solidez que ele tem ou lhe falta, aqui trata-se, por sua vez, da «ferida do mundo» ou mesmo da «pele do mundo».

Numa das abordagens mais típicas desta poesia, que reflecte sobre os possíveis significados de diferentes formas de profundidade, os quais nos remetem para a «imensidão íntima» de Bachelard, o poeta diz-nos que qualquer «gaveta dá para um abismo» ou que ao «lado do livro abrira-se um abismo».

Numa outra interessante reflexão, plausivelmente sobre a transitoriedade do sucesso das obras artísticas e literárias, diz-nos Luís Miguel Nava que há «obras que, como relógios, depois de andarem acertadas muito tempo, se começam a atrasar». E tal como em vários outros livros, os textos de *Romance* reflectem também sobre o próprio acto da escrita, sendo-nos dito, por exemplo, que

> Escrever é fazer passar as palavras através de um vidro, sem as destruir. De um vidro, de um muro, de substâncias de que elas se apropriam e cujas qualidades trazem para a página, saindo assim robustecidas dessa travessia.

É precisamente para essa mesma travessia rumo ao sentido que se convida o leitor, com esta nova edição da *Poesia* de Luís Miguel Nava, também pelo interesse destes textos inéditos, que, como se percebe, verificam várias das características da obra até aqui conhecida e abrem sobre ela novas perspectivas.

A organização da edição e a fixação dos textos

Além de incluir toda a obra publicada pelo próprio Luís Miguel Nava, entre 1979 e 1994, este volume apresenta vários outros textos que permaneceram inéditos até à morte do autor em Maio de 1995. Alguns deles foram já apresentados ao público, postumamente, e outros — de facto dois conjuntos de textos bastante substanciais, ainda que não concluídos pelo autor — permaneceram inéditos ou amplamente inéditos até hoje. Assim, após os livros publicados pela mão de Nava, aqueles textos publicados na íntegra entre a morte do autor e esta edição são integrados numa secção de «Dispersos», e aqueles que não foram ainda apresentados ao público ou de que se apresentou apenas parte aparecem aqui numa secção de «Inéditos», sob o seu próprio título, nomeadamente *O Livro de Samuel* e *Romance*.

Quanto aos «Dispersos», diga-se que, no primeiro número da revista *Relâmpago*, publicado em 1997 pela Fundação Luís Miguel Nava, foi apresentado o conjunto de fragmentos de cariz metaliterário, de *incipit* «Há uma espécie de asma mental, em que sufoco», bem como o fragmento de *incipit* «Frequentemente ao olhar uma paisagem». São textos onde se apresentam reflexões sobre a criação poética, porém a natureza literária dessas mesmas considerações justifica amplamente a sua inclusão neste volume. Os outros textos que constam dos «Dispersos» são quatro poemas, nomeadamente «Um céu de funcionários», «Um gesto», «O olhar do peixe» e «Rios», composições que foram publicadas em 2002, na edição da *Poesia Completa 1979-1994* (Publicações Dom Quixote), já pela mão de Gastão Cruz. Quanto aos «Inéditos», diga-se concretamente que Alexandre Garcia publicou diferentes partes de *O Livro de Samuel* na revista *Relâmpago* 16 (4/2005), e que *Romance* permanecia até aqui inédito, à excepção de duas breves passagens usadas como epígrafes num testemunho, aliás belíssimo e informativo, de Garcia, no mesmo volume.

A este respeito, aliás, e ainda antes de me referir em mais detalhe ao formato dos inéditos propriamente ditos, *Romance* e *O Livro de Samuel*, é importante explicar a origem dos vários poemas dispersos e inéditos. Após a morte de Luís Miguel Nava, Alexandre Garcia consegue resgatar no computador do escritor um conjunto de ficheiros. Mais tarde, é Gastão Cruz, pela Fundação Luís Miguel Nava, quem me disponibiliza 25 documentos, ainda em formato *Word Perfect*, provenientes originalmente desse mesmo computador. Além dos quatro poemas já publicados por Gastão Cruz, e de *Romance* e *O Livro de Samuel*, esse conjunto inclui alguns poemas que integraram *Vulcão*, alguma correspondência, ensaios, um documento de 47 páginas com traduções da poesia de Giórgos Seféris, bem assim como o diário de uma viagem à Mauritânia.* Quanto a

* Mais especificamente, quanto à correspondência, os documentos facultados incluem cartas a Rosa Oliveira, de 8 de Novembro de 1994, a António Cândido Franco (publicada por este último na revista *Colóquio / Letras* 135/136), a José Carlos de Vasconcelos, de 30 de Novembro de 1994, à editora Quetzal, de 27 de Outubro de 1994, e aos serviços de pessoal da Comissão Europeia. Os ensaios, especificamente, são «O amigo mais íntimo do sol», sobre Eugénio de Andrade, um «Prefácio a *Prelúdio para Sexo e Sonho*», sobre a obra de Luiza Neto Jorge, «Das palavras à palavra», sobre Manuel António Pina, e «A pretexto de uma

este último documento, optei por não o incluir neste volume, dado o teor substancialmente diferente da obra literária, opção que contou com a concordância da Fundação Luís Miguel Nava.

Assim, sem prejuízo de poderem eventualmente existir outros manuscritos dispersos que possam ser relevantes à obra de Luís Miguel Nava — e cuja descoberta e divulgação seguramente se celebraria —, esta edição inclui, pela primeira vez, toda a obra literária que o autor publicou ou de que deixou rascunhos avançados.

Importa, portanto, apresentar os critérios da fixação do texto, que têm particular relevância para a leitura dos inéditos, mas que presidem à organização do volume como um todo.

Respeitam-se os princípios característicos de uma edição crítico-genética. No que diz respeito à obra publicada em vida por Luís Miguel Nava, seguem-se as últimas versões dos poemas e livros apresentadas pelo autor. Contudo, confrontam-se sempre estas versões com as das primeiras edições em livro, já que, caso a caso, tal processo permite a correção de «gralhas» editoriais, que, diga-se, não foram tantas nas edições de Nava. Isto tem particular relevância uma vez que em *Poemas*, de 1987, Nava recolhe e reorganiza os volumes de poesia publicados até então (*Películas*, *Como Alguém Disse*, *A Inércia da Deserção*, *Rebentação*). Se, por um lado, é nesse livro que se introduzem as pouquíssimas alterações aos primeiros volumes, por outro lado essa recolha também acabou por conter inevitáveis gralhas. Assim, seguir cegamente apenas essa última versão, quando as primeiras edições esclarecem dúvidas, seria em si mesmo um erro, e o álibi de que não poderemos nunca saber se alguma mudança introduzida e não descrita especificamente pelo autor se deveu a um lapso ou se foi intencional não nos deve impedir de tomar as decisões mais lógicas. É não só possível como recomendável ser-se escrupuloso no respeito pelas últimas edições feitas em vida pelo autor e ao mesmo tempo introduzir qualquer modificação que as evidências tornam óbvia e adequada ao rigor crítico.

Tendo isto em mente, até porque o leitor familiarizado com Luís Miguel Nava pode ter apenas uma versão dos poemas em causa, publicada num livro específico, e pode por isso causar-lhe surpresa qualquer

exposição de António José Alegria: Alguns clichés», de Abril de 1995. Os poemas de *Vulcão* que integram este conjunto de documentos são: «A carne», «A imagem», «Os comedores de espaço» e «Crepúsculo».

das escassas alterações que o próprio autor fez em vida e que aqui seguimos, no final deste volume incluem-se notas genéticas que dão conta das ligeiras dissonâncias entre edições ou, de facto, de qualquer alteração efectuada. Em *Poemas*, de 1987, o autor passa a considerar os títulos publicados antes de *Rebentação* como um só volume, que intitula *Onde à Nudez*, e por exemplo adiciona o poema «Os nós da escrita» a *Rebentação*. Quem tiver apenas as primeiras edições recebe assim a informação explicativa dessas mudanças. E se se reproduzem as informações que o próprio autor deu em *Poemas*, apresentam-se ainda outros aspectos específicos que Nava não assinalou explicitamente, mas que ajudam o leitor a compreender melhor as diferenças editoriais. Assim, o leitor poderá a partir das notas no aparato crítico perceber que é em *Poemas* que Nava passa a iniciar com maiúscula alguns nomes próprios que tinha optado, na primeira edição de *Películas*, por escrever com minúscula, como «Sintra», «Bashô» e «Melville». Ou que, na composição «Hosana», de *Rebentação*, a palavra «cabotagem», tal como publicada em *Poemas*, corrige a primeira edição, onde se publicara «sabotagem», uma óbvia gralha. Em contrapartida, dá-se conta, precisamente, de algumas gralhas de fixação do texto, em *Poemas*, que as primeiras edições clarificam. E, por outro lado ainda, acrescentam-se notas genéticas explicativas das pouquíssimas alterações que o próprio autor fez (por exemplo, nos poemas «Brevíssimo crepúsculo» ou «Falésias»), novamente para que não restem dúvidas ao leitor que conheça apenas uma versão.

O livro *O Céu sob as Entranhas* não foi objecto de qualquer reedição em vida do autor, mas Luís Miguel Nava deixou manuscrita num exemplar uma emenda ao poema «Estacas», que naturalmente se efectua. Já *Vulcão* não teve alterações pela mão do autor após a sua edição, e por isso não há praticamente nada a assinalar na fixação do texto, além de referir as mínimas emendas no poema «Três voltas» em relação à plaquete *Sete Formas do Invisível* e a publicações na imprensa. No próprio livro, Nava indicava ter feito essas ligeiras alterações, nunca dizendo especificamente quais. Reafirme-se, contudo, que entre 1979 e 1994, das poucas vezes que Nava republicou os seus poemas, foram muito poucas as alterações introduzidas. Estamos mesmo nos absolutos antípodas do típico poeta reescritor da sua obra.

Quanto aos textos de publicação póstuma, sejam eles os aqui designados por dispersos ou por inéditos (*O Livro de Samuel* e *Romance*), existem casos relativamente diversos. No que diz respeito aos textos «Frequentemente ao olhar uma paisagem» e «Há uma espécie de asma mental, em que sufoco», publicados na revista *Relâmpago*, seguiu-se a fixação dos mesmos publicada nessa revista, apenas com ligeiras modificações nos espaçamentos entre fragmentos do segundo conjunto referido. Em todos os documentos editados a partir dos originais, não só *O Livro de Samuel* e *Romance*, mas também os poemas «Um céu de funcionários», «Um gesto», «O olhar do peixe» e «Rios», seguiram-se os critérios específicos que abaixo se descrevem.

Resolvem-se as variantes, apresentando-as em nota de fim. No original, as variantes normalmente aparecem separadas por barras (sobretudo em *O Livro de Samuel*). O texto demonstra que a primeira variante era por norma aquela escrita originalmente por Luís Miguel Nava. Na maioria dos casos, embora não em todos, opto por essa primeira variante, quase sempre a mais simples textualmente, já que as seguintes muitas vezes são opções que acrescentam complexidade à sintaxe e ao sentido, mas com as quais o autor nunca se chegou a comprometer.

Resolvem-se os parênteses rectos com vocabulário que o autor considerava manter ou excluir (em *Romance*, por vezes esses parênteses são curvos, havendo menor sistematicidade em relação a esse uso). Incluo no texto algumas dessas palavras apenas quando ajudam a perceber melhor o sentido da passagem, resolvendo ambiguidades, por exemplo. A passagem original, com a variante entre parênteses, é também transcrita em nota de fim.

Quanto a passagens inacabadas — fragmentos começados com minúscula ou sem pontuação final — surgem no local onde estão no original, assinalando-se com □ esse inacabamento. No que diz respeito a estas passagens, havia duas opções principais. A primeira seria eliminá-las do local onde estão e apresentá-las todas em notas de fim, mantendo no corpo de texto apenas passagens completas e tentando dar ao texto uma impressão de completude que ele nunca chegou a ter. Mas isto implicaria retirar vários fragmentos interessantes do corpo do texto e essa completude almejada nunca seria alcançada porque faltariam nexos de ligação, quando estes existem. A segunda hipótese seria manter esses fragmentos (imagens, inícios de metáforas continuadas,...) no lugar onde estão, assumindo claramente que o texto nunca foi terminado pelo autor. Optei por esta última, que me pareceu mais adequada à apresentação fiel do imaginário de Luís Miguel Nava.

Notas do autor para si mesmo, como a referência à possível inclusão de um texto de Kavafis, ou as referências a passagens de outros escritores em que o autor pensava, em determinada passagem, como Pasternak ou Tsvetaeva, por exemplo, são enviadas para notas finais, fazendo-se no rodapé do corpo de texto a referência ao facto de Nava considerar determinado/a escritor/a nessa passagem. Em *O Livro de Samuel* isto só acontece uma vez; em *Romance* acontece várias vezes.

Finalmente, respeita-se a ortografia do autor, anterior à vigente com o Acordo Ortográfico. Todas e quaisquer gralhas e lapsos evidentes são corrigidos silenciosamente.

Resta agradecer à Fundação Luís Miguel Nava pelo convite para editar este volume. Estou grato a Carlos Mendes de Sousa pela colaboração prestada e pelo incentivo constante. Por fim, agradeço particularmente a Gastão Cruz, vincando que este livro se deve também à sua incansável dedicação à obra de Luís Miguel Nava, ao longo dos últimos vinte e cinco anos.

ONDE À NUDEZ

PELÍCULAS

NOS TEUS OUVIDOS

Nos teus ouvidos isto explode
de amor, palavra ampola sob
os astros funcionando abril à boca das cidades, dos
imperturbáveis muros aos quais as crianças
que de cristais nos punhos acontecem passam,
seus chapéus brevíssimos, os indícios
de nada, o modo de ler, de acender um texto
de amor nos ouvidos, isto explode e entra
nesta página o mar da minha infância, meigo
no modo de lembrá-lo, lê-lo, de acender
de carícias um texto na memória. De astros
as ruas eram cheias que os cuspiam hoje
na minha mãe de outrora, nas crianças de água, nos
pensamentos nenhuns que eu punha em seus joelhos, em
seus amáveis joelhos a que os astros acorriam,
minha mãe que arranco ao sono, às areias virgens
das palavras, que amanhecido eu gero, as mãos
tão de repente em pânico nos muros.

EM SINTRA

As águas maravilham-se entre os lábios
e a fala, rápidos
em Sintra espelhos surgem como pássaros,
a luz de que se erguem acontece às águas,
à flor da fala
divide os lábios e a ternura. Da linguagem
rebentam folhas duma cor incómoda, as de que
maravilhado de água surges entre
livros, algum crime, um
menino a dissolver-se ou dele os lábios e ergues
equívoca a luz depois. Rápidos
espelhos então cercam-te explodindo os pássaros.

HÁ UMA PEDRA FEROZ

Há uma pedra feroz,
um rapaz,
há o olhar do rapaz atado à pedra,
o olhar do rapaz, a minha casa,
o olhar do rapaz às vezes é a pedra.

O TANQUE DE BASHÔ

O tanque junto a que o crepúsculo mo traz é o de Bashô.
A água maravilha-se.

Inquinam-se as imagens, a pequena rotação do outono, o dia decompõe-se, o sangue explode contra a claridade.

Um nó de leite a nudez cresce pela água.

CONTRA OS FLASHES

É terra doutro o corpo dum rapaz, o leite amarrotado nele o incêndio corre contra os flashes, mínimo relâmpago de terra o poço da alegria.

As paisagens os miúdos reúnem-nas à mão, a miniatura delas é o seu rosto. Voltam-se as paisagens como as páginas.

Um deles, força macia, ensanguentado e verde inquina-se na luz, uma fralda de incêndio há-de escorrer-lhe pelos lábios.

Eis o rosto, eis o poço, põem-se as imagens como toalhas, as pequenas pedras deflagrando.
Os miúdos a nudez destrói-os nesses lábios.

ESSAS MANHÃS

Essas manhãs, as mais profundas e por que eu caminho para as ondas, manhãs como um poço, no perfil das águas ouço-as eclodindo o leite a avolumar-se pelas cristas, esta página redu-las a uma árdua anotação. A luz por dentro agora invadem-na outras ondas.

ARS EROTICA

Eu amo assim: com as mãos, os intestinos. Onde ver deita folhas.

ARS POETICA

O mar, no seu lugar pôr um relâmpago.

O POEMA

É um arbusto, armados
ainda nele os últimos relâmpagos,
o poema.

A pedra cai no ventre
da água — a fruta poderosa, as páginas
onde a brancura se estilhaça, o lenço
como um relâmpago.

Os cães brilham ao alto
— são eles o arbusto
de imagens onde a força miúda
como um leão íris
a atravessa o poema encarcerado em sua própria imagem.

A pedra, digo, cai no ventre
da água como um punho

— agora está no fundo desta imagem.

ATRAVÉS DA NUDEZ

Este garoto é fácil compará-lo a um campo de relâmpagos
encarcerando um touro. Através da nudez vêem-se os astros.
É onde o poema interioriza
a sua própria hipérbole, a paisagem.

Movem-se os tigres como câmaras na areia, prontos eles
também a deflagrarem. A manhã
espanca a praia, é impossível descrevê-la sem falar
dos fios deste poema
que a cosem com a paisagem.

ATRÁS DA PÁGINA

As mãos no poema, pelas páginas
acima escoam-se os espelhos, a trovoada
vermelha emerge das imagens. A trovoada
redonda. Uma revoada
de espelhos é a alba, há poços nos espelhos
onde a nudez
se precipita, a luz mordendo a água.

Do poema vêem-se as trovoadas
imóveis
atrás da página, as imagens,
da alba, as dum rapaz arriando a noite, os astros
a afluírem-lhe aos cabelos. Vêem-se
à tona da trovoada os lenços
caindo na manhã, com as veias do rapaz
as desta a confundirem-se, depois
os poços da nudez abertos pelos astros.

Esse rapaz as suas próprias veias
o amarram à manhã.
Não me olhar ele ateia-me. Pequenos
incêndios, os da abóbada
do poema, arrancam-lhe a nudez.
Está alguém ao poema como a um espelho.

O MAR

As ondas fazem-se às imagens, a manhã
do sol caindo os raios
esticam-na
na água despenteada.

O macho cujo peito em poderosos
e lentos haustos é
para Melville o mar
do sol servem-lhe os raios de cabelos.

SKETCH

Vem o rapaz à página, é o seu sketch, a luz às vezes é de tal intensidade que a página fica em branco, outras porém mais fraca, o rapaz põe o poema em perspectiva, a água ainda mal alinhavada nas bainhas dela depois lava-se, a tensão no poema é então tanta que as imagens saltam em descargas, é assim colhido em planos vários, há alturas em que apenas um pormenor do rosto vem à página outras em que a ela aflui a nudez toda, um nó de imagens avoluma-se, o rapaz leva o silêncio ao máximo, acelera-o, é onde ele se ergue que há no poema uma pequena confluência de astros e a rebentação da luz é idêntica à das ondas, as imagens esticadas sob a pele irrompem pelas mãos, abrem janelas sobre os rins, a intensidade do rapaz é então tal que é ele quem põe em branco a página.

APENAS A FOLHAGEM

De novo o encontro onde as linguagens abrem umas sobre as outras, o rapaz. Da árvore encarnada, meio dentro da memória, apenas a folhagem salta pelos olhos e se espalha pelo rosto, o que me põe a braços com as palavras. As raízes entram-lhe no sangue, abrem-lhe internos focos de paixão, não tarda que penetrem pela terra a cujos intestinos vão buscar com que saciar-lhe os olhos — as visões ascendem tumultuosamente, como seiva a ferver, creio que por vezes trazem pedra misturada. Lembro-me de o ver assim, todo ele tomado pela força da folhagem.

OLHANDO O MURO

E assim ficava olhando o muro. Não atentava então na claridade em que a casa e a terra a essa hora faleciam, nos fragmentos vários do horizonte de que a luz fazia um jogo insuportável. Tão pouco em como a sublevação das paisagens é matéria da linguagem, tão pouco nisso ele atentava ao colocar o olhar no muro, outro suporte procurando, a ele idêntico, no leite à superfície do qual pequeninos nós de fezes eclodiam, nós que com uma vara ele agitava e perturbava com fascínio. Metade do seu rosto entrava pelas paisagens, era prisioneira da fabulação de que apenas os animais o libertavam contra a face lhe quebrando imagens fortes — as fezes imiscuindo-se no muro, a luz uma infecção que alastra pelo leite, a vara de agitá-lo desviada desse ofício. Estranhos actos cometia ele então, deles o mais minucioso sendo a introdução de mínimos calhaus nos intestinos.

A PRETO E BRANCO

Uma mulher encosta-se a um muro, encosta-se à memória. Veste duma maneira simples, uma blusa, uma saia cobrindo os joelhos, talvez uns tamancos. Tem ainda, amarrado à cabeça, um lenço negro, negros aliás e brancos todos os tons em que se veste, negros os tamancos, um casaco de lã sobre a blusa, negras ainda algumas das riscas da saia, brancas as outras, como a blusa. Encosta-se ao muro aonde cola as costas, os ombros e depois uma das faces, assim é mais fácil ver-lhe o rosto. As mãos encostá-las-ia também se não segurasse um lenço branco. Aperta-o entre os dedos, fá-lo passar entre eles, uma pequena serpente. Ou então amarrota-o, faz das palmas das mãos uma concha onde o esconde, o lenço assim desaparece totalmente, apenas as mãos se vêem projectadas para a frente, dir-se-ia que rezam. Depois, sempre ocultando o lenço, levam-no ao rosto novamente de perfil, tudo a preto e branco ainda, ou é o rosto que desce até às mãos, mergulha no lenço, talvez este e a língua se procurem, uma língua pelo lenço adiante, uma língua é provável que vermelha, não, é tudo ainda muito a preto e branco, é tudo ainda demasiado a preto e branco para permitir um pormenor vermelho.

ONDE À NUDEZ

ONDE À NUDEZ

Escrevo onde à nudez cabe o papel habitualmente atribuído a uma janela. Quando afasto as cores para no lugar delas não deixar senão a luz ou me debruço ao peitoril sobre os meus próprios intestinos, a ficção fica por conta dos relâmpagos. É como se habitasse uma cidade que tivesse um espelho por subúrbios e o mar viesse estilhaçar-se ao fundo da memória, onde se encontra o coração. Abro na página um buraco onde alicerço a casa, as letras vêm às janelas.

EM ENTRELINHAS

Tem furos na consciência, este rapaz. Tem a memória em cacos. Que fará da minha infância quando entrar no rasgão com que deu a todo o comprimento dela? Que sabe ele do labirinto onde uma letra se extravia ou do horizonte em que pressinto um sublinhado? Ignoro o que ele fará, bem como o que dirá ao ver num poema o céu em entrelinhas.

A SAÍDA

Havia no seu corpo uma saída.

Podia através dela ir até onde quisesse, de momento que a porta não ficasse a bater com um ruído que a maior parte das pessoas confundia com o bater do coração. Não consta que o sangue o perseguisse senão muito raramente e mesmo assim não para além da beira-mar.

Trazia há algum tempo na memória um espelho onde quem quer que se abeirasse dele podia contemplar-se. Pelo espelho era possível ver os poços através dos quais a pele desaparece, as ondas momentaneamente imóveis, as areias a assaltar-lhe o coração.

BREVÍSSIMO CREPÚSCULO

Escrevo, o que não deixa de, por meias
palavras, fazer ver as ondas ascendendo
do fundo dos baús.

A água a contas com as trevas.

Fascinam-me essas ondas, bem como uma pedra às mãos
de quem procura abrir nela um sorriso, o céu
que neste poema sei subentendido e apenas
aos olhos dum rapaz a paixão trouxe num brevíssimo
crepúsculo antes de ganhar velocidade e, nos meus ombros,
as mãos desse rapaz quase de rapariga prontas
a voar. Sinto a romper na boca os dentes como a ventania.

OS DEDOS

O mar recua, o leite e a língua digladiam-se ao sentirmos
a chama largar leite, aliarem-se
na boca ao leite os dentes comovidos e ao contacto
do mar a romper nela os dentes como a ventania.

Persigo assim o mar, no encalço dele os dedos
avançam na memória, às vezes acontece eu sentir, mesmo
por baixo dos cabelos, a memória aligeirar-se e arderem
nas mãos os dedos em desordem.

AINDA ÀS VEZES

Avanço devagar, vão-se os amigos na ressaca
de cujo amor avanço assim deixando
ficar contudo aos poucos para trás, embora o mar
lhes sobre ainda às vezes do sorriso.

Procuro esses amigos. É possível
atar-lhes o horizonte entre o cabelo e acariciá-los
ainda uma vez mais. Fazer-lhes através
das mãos passar o sopro das pedreiras.

NÃO MUITA VEZ

Não muita vez nos vemos, mas, se poucos
amigos há para falar
dos quais me sirvo de relâmpagos, de todos
é ele o que melhor vai com a minha fome.

Os dedos com que me tocou
persistem sob a pele, onde a memória os move.
Tacteiam, impolutos. Tantas vezes
o suor os traz consigo da memória, que não tenho
na pele poro através
do qual eles não procurem
sair quando transpiro. A pele é o espelho da memória.

MANUEL

Fui ter com ele à Feira Popular, donde minutos
depois partimos para Sintra. Lembro-me
de o carro avançar à velocidade do meu sangue.
No Guincho, onde momentos antes
de o sol se pôr parámos, vi o mar
ganhar no espírito dele outra ondulação.
De nós, assim o soube, erguem paisagens
as viagens. Entre a pele e o coração alçam-se as pontes.

A INÉRCIA DA DESERÇÃO

… entrar num quarto onde não há senão um pequeno espelho e uma cadeira do outro lado, o ruído das vagas desertando, espelhos desertando na peugada das vagas, onde não há senão a inércia da deserção.

… jogar então; fazer coincidir, uma a uma, as cartas com esta página, de forma a que, quando der por mim, esteja a escrever já sobre o valete de ouros, a fazê-lo tomar parte activa na ficção.

… um texto onde o cinema se insinue, a um tempo apanhando-lhe as imagens e os seus múltiplos sentidos.

… trata-se
dum filme, as personagens abrem brechas no écran.

… um texto a que preciso de habituar o olhar como a uma luz mais forte.

… da casa a cuja porta acabo de bater a maior parte está na minha infância.

… havia um patamar para o qual davam alguns quartos e a partir do qual a luz da clarabóia e os degraus se despenhavam juntos e em desordem.

… de novo os subo, ao respirar o ar comunica com a memória.

… às vezes extravio-me, ao enfiar pela memória as ondas saem-me ao caminho.

… percorro assim a praia ao longo do seu braço.

… servindo-me os relâmpagos de sede, todo eu tremo à vista dessas águas.

… a que vem ele ao poema, abreviação das ondas?

… transforma-se aos seus passos a paisagem num cenário, uma gravura.

… o mar sobra-lhe às vezes do sorriso.

… o mar, incendeiam-se-lhe as cristas ao contacto das falésias.

… como
se a luz se formasse onde se forma o cuspo.

… o coração contra que as ondas se debatem.

… sinto
faltar-me esse rapaz como a respiração.

… esse rapaz
ao espírito do qual as ondas vinham rebentar.

… lembro-me de o seu
sorriso abrir até à água.

… o mar, sentindo às mãos desse rapaz uma janela abrir como um sorriso.

… a língua a interpelar-lhe a pele.

… a pele, sentindo ao fundo
de cada poro seu o mar rebentar.

… a minha própria mãe poderá vir
sentar-se onde por ora se não vê sequer o mar.

… até
de novo o mar se lhe adiantar no rosto.

… o frio encapelado.

… o mar de que deflagram
as ondas por acção da memória.

… a memória,
sentindo-a da cabeça aos rins.

… o arrebatamento a que são dadas certas águas.

… ao mar replica a dinamite.

… pedreiras de que, tendo-as
ouvido rebentar na minha infância, ainda
agora me saltam estilhaços pelos olhos.

… os dentes
arqueiam para dentro da memória.

... a vaga, incendeia-se-lhe a crista ao rebentar nas pedras.

... como se a manhã me tivesse escolhido a mim para tomar consciência de si própria.

... inquieto coração, sombra das vagas.

… os móveis abrem-se ao nevoeiro; procuro entre eles a ferida a que com jeito encosto estes degraus.

… a porta, um campo ao fundo do qual sinto o mar lavrar como um incêndio.

… distribuídos
os dedos pelos poços.

… procuro às cegas acertar pelo do mar o ritmo da nudez.

… ver
no inverno o verão de esguelha.

… o que é talvez uma maneira de tomar-lhe o pulso, de a linguagem ser levada a medir forças devagar.

... disponho alguns retratos junto ao mar, o mar rebenta-lhes em cima e atravessa-os, fica dentro deles.

... o pão
divide-se entre os dentes e a memória.

... o olhar que a solidão vai devagar apedrejando.

… perdia-me à procura da humidade que a maré deixa nas rochas.

… o sol de súbito esverdeando o céu.

… o mar, uma luz cava.

… a vaga no rastro da qual me fica às vezes o intestino à mostra perdeu-se entre a névoa.

… do verão
não há já senão os ossos.

… um céu irreparável.

COMO ALGUÉM DISSE

FALÉSIAS

Poder-me-ão encontrar, trago um rapaz na minha
memória, a casa a uma janela
da qual ele vem como um sabor à boca,
falésias onde o aguardo à hora do crepúsculo.

Regresso assim ao mar de que não posso
falar sem recorrer ao fogo e as tempestades
ao longe multiplicam-nos os passos.
Onde eu não sonhe a solidão fá-lo por mim.

RAPAZ

Não sei como é possível falar desse
rapaz pelo interior
de cuja pele o sol surge antes de o fazer no céu.

AGORA QUE DE NOVO

O mar voa nas rochas, como
se a manhã se formasse onde se forma o cuspo eu aproximo-me
dele e arde a pele de que a memória
vem lentamente tomar conta.

Avanço com cuidado, agora que de novo
nas praias o mar solta os cães. O que chamávamos
verão são poços através
dos quais se some a pele pela memória dentro.

AO MÍNIMO CLARÃO

Talvez seja melhor não nos voltarmos
a ver, ao mínimo clarão
das mãos a pele se desavém com a memória.
As mãos são de qualquer corpo a coroa.

Das dele já nem sequer o itinerário
sei hoje muito bem, onde o horizonte
se desata o mar agora
regressa ao coração de que faz parte.

Ainda é o mar contudo o que se vê
florir onde ele chegar. Chamando a esse
rapaz rebentação,
o céu rasga-se à volta dos seus ombros.

A POUCO E POUCO

Há entre o coração e a pele cumplicidades para cujo entendimento apenas corpos como o dele às vezes contribuem.

Olhando-o nos olhos não é fácil destrinçar do alcantilado coração a cama onde dormíamos, ao mais pequeno sopro o sol parece evaporar-se.

Por esse coração, ainda que escarpado, era, no entanto, fácil alcançar a pele, o mar à força de bater na rocha ia ficando a pouco e pouco em carne viva.

JÁ NEM SEQUER

As ondas que se encontram
ainda agora em formação no espírito
dele já não vêm rebentar ao meu.

Por mim não volto a vê-lo, encontros houve
com ele dos quais a alma ficou cheia de dedadas.

Já nem sequer dele quero ouvir falar,
saber que se ele
fosse uma cama estaria por fazer nada me traz
agora além de desconforto.

BASALTO

Agora que se o mar ainda
rebenta é por acção da memória, arrancam-me
basalto ao coração ondas fortíssimas.

Ainda o vejo às vezes por aí, olhamo-nos
então como se à boca
nos viesse o sabor do nosso próprio coração,
mas pouco há a dizer acerca disso.

A BEM DIZER

O céu desembaraça-se do sangue, espalha-nos
agora a solidão ervas nos rostos.

O mar vai pelos ares.
Não há, a bem dizer, forma
nenhuma de o coser com a esperança.

O CÉU

Assoam-se-me à alma, quem
como eu traz desfraldado o coração sabe o que querem
dizer estas palavras.
A pele serve de céu ao coração.

NUDEZ

Onde há quem tenha a pele tenho a memória, sepultura
nenhuma atingirá profundidade igual à desta
nudez com quem a pele sempre tem sido hospitaleira.

NA PELE

O mar, venho ver-lhe a pele a rebentar
ao longo das falésias, o que sempre
me traz a exaltação desses rapazes que circulam
por Lisboa no verão.
O mar está-lhes na pele. Partilho
com eles os quartos das pensões, sentindo as ondas
a avançar entre os lençóis. Perco-me à vista
da pedra onde o mar vem largar a pele.

A VÁRIOS METROS DE PROFUNDIDADE

Quem como eu não sentiu já no corpo um dos seus órgãos a afundar-se? Sentir nele os brônquios, por exemplo, ou o fígado, o intestino, a vários metros de profundidade torna-nos, entre outras coisas, impacientes. Mais, contudo, quando a pele, que com eles sonha, devagar no-los espelha, subterrânea.

A MEMÓRIA

Assim é a memória. Onde quer que eu me encontre abre um buraco, entra na terra, o que me dificulta a marcha ao mesmo tempo que acentua esta estranheza de eu me sentir *eu* até onde nem mesmo as minhas mãos, ainda que escavassem, lograriam ir. Granitos, xistos, cimentos, a nada ela deixa de aceder por causa deles — às vezes acontece essa inquietante coisa de, num prédio, ser como se ela atingisse o andar de baixo ou outro mais abaixo ainda, o que é de tal forma insidioso que, se alguém que dele chegasse me dissesse nada ter notado, eu ficaria atónito. Mas é na pele que tudo se reflecte com maior intensidade — a memória abre um sulco através dela, espalha-se-lhe à tona com tudo o que da terra atrás de si carrega até se misturar com a saliva, a qual — completamente subterrânea — é o que por fim lhe serve de coroa, aquilo a que chamamos, referindo o mar, rebentação. Vem sempre dar à pele o que a memória carregou, da mesma forma que, depois de revolvidos, os destroços vêm dar à praia.

RECUO

O céu recua, da memória eu já não sinto
senão as mais violentas cristas nas gengivas,
a minha mãe regressa, é pelos dentes que a memória
recomeça a subir como a maré.

COMO ALGUÉM DISSE

Não é que eu seja sábio, como entre as de mármore alguém disse
ser sempre uma coluna de madeira,
mas creio já ter visto um livro brilhar como
se fosse o mar quem nele ao rebentar depositasse o texto.

L'OUBLI

A minha mãe morrera. Ninguém a não ser eu de tal se deve ter apercebido, o que sou levado a crer pelo facto de as pessoas se admirarem com a tristeza que os meus olhos não logravam desmentir. Suponho que a devo ter incinerado, porque dela me lembro que couberam os restos numa pequenina urna que, sozinho, eu próprio transportei de autocarro para o cemitério. Para que os demais passageiros a não descobrissem, ocultei-a, junto duma boneca, no respectivo berço, entre os lençóis. Sentadas à minha frente iam uma mulher e uma miúda, a qual, para minha grande apreensão, se preparou várias vezes para vir mexer no berço, o que não fez apenas por ao cabo de algum tempo a mãe a ter repreendido. Só algumas horas depois, subindo eu, a pé, uma das ruas onde, na minha infância, com mais frequência passara em férias a caminho do jardim, dei conta de que, ao deixar no cemitério a urna, me esquecera de fechar a sepultura.

REBENTAÇÃO

EU, ELE

Há quem de quanto escreve faça túneis através dos quais se move sem ser visto. Quando, por exemplo, eu digo ou escrevo eu ou ele, qualquer dessas palavras parte em busca de alguém a quem se ajuste. São palavras que sufocam, que boiam à deriva até encontrarem algo com que possam respirar.

Sob eu ou ele, ou qualquer outra palavra, há um adesivo, uma dessas substâncias cuja qualidade às vezes deixa muito a desejar, de tão difícil que é fazê-las aderir ao mundo e umas às outras entre si, ou de tão fácil que é puxar uma das suas pontas sempre soltas.

Aderir, neste contexto, é uma palavra que podemos tomar em qualquer dos seus sentidos: seja porque, embora sempre na iminência de se descolarem, de perpetuamente o mundo as rejeitar e as sacudir de novo na borrasca do vazio, a ele aderem na medida em que se colam, seja porque no mundo se filiam, a ele aderem como a um clube ou a um partido pelo qual desde essa altura passam a bater-se.

Uma palavra é uma coisa que se ensaia, uma experiência, embora, ao recolher o que nele há de musical, de luminoso, o que dele é possível reunir para haver luz, às vezes, se a puxarmos, aconteça vir atrás a própria pele do mundo, ou mesmo a sua carne. Uma palavra faz da própria página onde a lemos a substância do seu espírito.

Escrever é, para mim, tentar desfazer nós, embora o que na realidade acabo sempre por fazer seja embrulhar ainda mais os fios. A própria caligrafia é sufocada.

Há, todavia, um momento em que as palavras são cuspidas, saem em borbotões, e o sangue e a saliva impregnam o sentido. É impossível separá-los.

Por trás talvez não haja mesmo nada. São palavras que não estão ginasticadas, que secam e encarquilham como folhas por que a seiva já não passe.

Oprimem toda a página, através da qual deixa de ser possível respirar. Tapam-lhe os poros. A própria chuva que neles caia não se escoa.

DECALCOMANIA

Palavras há que, como se as coisas a que estão presas encolhessem, ganham folgas. Outras incham.

Não raro os poemas são protuberâncias assim. É quando o sol se põe entre as palavras, quando entre elas suporíamos ouvir o mar bater, que com maior intensidade se revela a purulência.

Cosida interiormente ao nosso espírito, a paisagem — como se com ele formasse um nó — jamais por nós será compreendida. O mar, bata ele onde bater, é uma decalcomania que não podemos arrancar sem que atrás fique o nosso próprio corpo em carne viva.

INTRODUÇÃO

Atei uma ligadura ao mundo.

Seguindo uma estratégia diferente, há quem o aparafuse, ajoelhando-se na terra, ou abra nele um olho, uma pupila.

Por cima dele o céu é elástico.

Elástico, adesivo, eis dois dos atributos que, ao dar por acabado o livro de que este texto pode, entre outros, ser a introdução, mais me fascinam.

A própria alma é elástica: podemos, assentando um dedo sobre a sua superfície e pressionando-a, levá-la a tocar nas coisas mais inesperadas.

O real é um vidro pintado sob o sol berrante, as coisas prendem-se-me ao espírito. Do mar, para não dar senão um exemplo, fiz a minha máscara integral.

ATÉ À INFÂNCIA

Tive hoje, olhando o céu pela janela do meu quarto, a sensação de que ele se me entranhava até à infância. Nunca supus que em mim houvesse uma profundidade capaz de absorver uma tão extensa superfície azul, a qual vertiginosamente refluía por mim dentro, iluminando espaços de cuja existência eu nem sequer desconfiava. O certo é que, ao atingir maior profundidade, a cor se lhe alterou sensivelmente, embora a natureza dessa mutação não fosse propriamente de ordem física. Foi como se ao chegar a esse ponto, tendo a bomba da memória começado a trabalhar, a luz que sobre ele este mecanismo vomitava lhe alterasse a própria consistência e furiosamente arrancasse ao coração da terra aquele que, a um ritmo idêntico, eu sentia acelerar-se-me entre os ossos.

NA GÁVEA

Ocorre-me de vez em quando a ideia de que o homem que nos barcos sobe à gávea o faz na realidade apenas para perscrutar a sua própria pele, obter dela uma outra perspectiva, funcionando o mar como uma representação muito aumentada, qualquer coisa como uma metáfora ou uma lente. É pelo menos desse homem que eu me lembro sempre que sobre a minha pele, inquieto, me debruço, a avaliar os mais leves prenúncios de intempéries.

CISÃO

Gostava de saber até que ponto a ideia de céu e a de unidade andam ligadas. Só assim poderia avaliar que peso tem o facto de eu sentir que o céu se encontra dividido e uma das partes se alojou transversalmente no meu corpo. Tal é às vezes o seu peso, que me vejo constrangido a andar dobrado.

O CÉU AGRADA-ME PENSAR

O céu agrada-me pensar que é a memória de dois ou três amigos, aqueles contra cujos lábios a partir de dentro empurraremos docemente os nossos nomes e que, quando levam a comida à boca, sabem que é a nós que estão a alimentar. São dois ou três amigos, aqueles só em cujos corações enfiamos achas, o clarão atinge-lhes os olhos, pensarão: hoje a memória é como se a trouxéssemos em braços. Não sei se quando o mar lhes vier ao espírito o ouviremos rebentar, o certo é que por ele às vezes sobem as marés. Há ondas que se vê terem por ele passado antes de contra os nossos corpos deflagrarem.

SÓ PARA MIM

Queria ter o sol só para mim, tê-lo de forma a dele poder de vez em quando ceder parte apenas a um dos meus mais íntimos amigos.

O CHÃO

Às vezes acontece-me sentir que o chão existe simultaneamente em vários níveis, como se, poisando eu nele os pés, me interceptasse ao mesmo tempo os tornozelos, os joelhos, a cintura, e, mais abaixo que os primeiros, em diversos outros planos continuasse a caprichar nesse exercício, de tal forma que, por fim, também eu acabasse por me ver multiplicado, distribuindo pés por todos eles, pisando a um só tempo vários níveis, transparentes uns, opacos outros, procurando o próprio cerne da linguagem que, maleável, permeável e o que mais quisermos de adjectivos que a aproximem desse chão, o torna possível, sustentável, e me faz andar sobre ele como o Messias sobre as águas.

CRAWL

Às vezes, entranhando-me num espelho, consigo dar nele duas ou três braçadas sucessivas.

ESPELHOS

Um lábio contraindo irrealidade
— é isso o que me traz
o mar, de que os espelhos são reminiscências.

O REAL

Levado e revolvido pelas vagas
do real, estou como uma mesa posto até aos ossos,
empresto à página os meus ossos e ao escrever
é como se tivesse a mão dentro dum espelho.

A LETRA ERRANTE

Aqui, como se o livro, onde o atingisse o mar, se desfizesse e refizesse e nele por fim a letra errante, essa insidiosa letra há tantos anos à deriva, achasse o espaço onde coubesse, principio.

WASHER

De vez em quando a roupa enfia-se-me toda para o coração, fazendo dele a máquina e do sangue o detergente, e a pele vai atrás dela, às vezes precedida ainda pelo próprio tempo.

São séculos e séculos que nele nessas alturas revolteiam: vêem-se-me os ossos ir ganhando aos poucos um sentido que só quando o tempo por eles passa como uma corrente eléctrica os anima.

AO ACORDAR

Ainda mal tinha acordado, veio-lhe à memória
de súbito o rapaz que era costume
pagar na leitaria um copo a todos os amigos.

O dinheiro acendia-se-lhe
nas mãos antes de o pôr sobre o balcão.

O ESPELHO

O céu inteiriçou-se a todo o comprimento
do vidro ao levantar a persiana.

Levou as mãos ao rosto, atravessou a sala, ao canto
da qual reinava o espelho, e aproximou-se
dele como o não fazia há muitos anos.

RAPAZES

Foi há cerca de um ano que eu
os vi, onde o granito e a luz são consanguíneos.

Seguiam abraçados um
ao outro, o pensamento posto no amoroso
lençol de que era na mão deles
o guarda-chuva uma antecipação.

O INFINITO

Gostava de passar pela experiência de um desses espelhos em frente dos quais um outro é colocado — sentir a minha imagem multiplicar-se por mim dentro até ao infinito. Porque é isto justamente o infinito — o interior de um espelho em face do qual outro foi posto. Sempre que dois espelhos amorosamente se interpelam, qualquer deles, incorporando o outro, o atravessa e, carregando-o consigo, se coloca, perfilado e atento, do outro lado.

O AMIGO

Às vezes procurava-me, trazia
no sangue a acentuação
do corpo, o que no fundo
dele é marítimo corria à superfície.

A DESCOBERTO

Trazia o coração a descoberto, antes ainda
de o céu cicatrizar
eu via-o por aí, aproximava-se
do mar como se a força do mar fosse a dos espelhos.

PAIXÃO

Ficávamos no quarto até anoitecer, ao conseguirmos
situar num mesmo poema o coração e a pele quase podíamos
erguer entre eles uma parede e abrir
depois caminho à água.

Quem pelo seu sorriso então se aventurasse achar-se-ia
de súbito em profundas minas, a memória
das suas mais longínquas galerias
extrai aquilo de que é feito o coração.

Ficávamos no quarto, onde por vezes
o mar vinha irromper. É sem dúvida em dias de maior
paixão que pelo coração se chega à pele.
Não há então entre eles nenhum desnível.

PAISAGEM

Às vezes, afastando-nos, do cume
dos nossos corações sentíamos
o mar estalar a toda a nossa volta, havia
sobre ele um traço idêntico ao de um vidro fracturado.

A BOCA

A boca, onde a memória
vem levantar fervura,
contrai-se, há quem a sinta
de súbito emergir da transparência.

O mar, há quem o faça
subir no encalço dela: é quando ao engolirmo-la a saliva
nos vai para a memória
que todo o nosso coração fica à mercê das águas.

PAISAGENS

São outras as paisagens quando alguém
as vê pelas janelas do seu próprio coração ou quando
com esse coração
a própria estrada está comprometida.

DESPENHADEIROS

A luz solidifica; ao desfazer-se-nos
o grão no coração, onde a memória o vai moer,
o sangue é quase espírito — a luz abre
nos nossos corações despenhadeiros.

É sempre o mar o que, no fundo, quem por eles
descer faz vir à superfície — o que dos olhos
nos rola, se desprende, o que fulgura
no fundo da memória. Entre o mar e a música há uma sílaba.

MERGULHO

O céu mal se equilibra, do mar, dele
no corpo os corações sendo embaixadas,
irrompem as falésias e nós, como
se as víssemos
melhor quando sobre elas o mar poisa uma das asas,
entramos por nós dentro até de nós
nem mesmo a mais pequena marca subsistir na água.

ENTRANHAS

O céu descai; agora que alguém fez
dos nossos corações refinarias,
o fumo irrompe dir-se-ia
que cheio de emoção das chaminés.

Aqueles a quem servem de entranhas as da terra
mal podem deslocar-se; até já não
haver senão céu contra o coração,
sobre eles põe subterrâneas nuvens o petróleo.

ABISMOS

Entre estes meus amigos através
de cujos corações arde o horizonte e a ponte
da qual o seu sorriso era um dos arcos
abriram-se os abismos.

O VÉU

A chuva já não é uma mera hipótese,
sentimos
cobrir-se de saudade o céu como de nuvens.

O véu que o coração pôs sobre as coisas
a elas aderiu duma tal forma que tentar
agora retirá-lo é desfazê-las.

POEMA INICIAL

Poder-me-ão entender todos aqueles
de quem o coração for a roldana
do poço que lhes desce na memória.

Se alguma coisa vi foi com o sangue.
De alguém a quem o sangue serviu de olhos poderá
falar quem o fizer de mim.

HOSANA

Disponho-me a jogar; enquanto ao próprio corpo
se alarga a cabotagem sei de alguém
a quem o coração oxida e de um xadrez
a cujas peças também já começam a chegar as águas.

O jogo em breve não será
senão a força
do mar a explicitar-se.

O cheiro a carne crua
do mar move-me as peças.

XADREZ

Às vezes entretenho-me a sentir cada palavra minha transformar-se em tantas quantas as pessoas que me escutam. As palavras multiplicam-se, irradiam, ficam-lhes no espírito como esses pássaros que, entrando em nossas casas, se debatem horas infinitas contra os vidros. É então que, com frequência, me apetece abrir o peito, expor todas as vísceras, os órgãos sobre os quais a luz do coração incide, e que, se acaso o sol me sobe na consciência, sinto os dedos regressarem lentamente às mãos. Trazem então consigo uma vontade imensa de jogar, de abrir de novo as vísceras, mostrar por dentro o corpo, esse magnífico xadrez de que o trabalho dos meus órgãos equivale à sucessão dos lances.

O REI

O mar está-nos no corpo; enquanto alguém
a quem o coração serve de rei
dispõe no tabuleiro as outras peças

rebenta-lhe na mão; há entre as peças
e o mar cumplicidades de que só
quem joga estima o peso em cada lance.

OS PRATOS DA BALANÇA

Por entre as rochas um rapaz, nas mãos levando uma balança, avança em direcção ao mar. Vai procurar pesá-lo. Num dos pratos, o mar há-de revolver-se, debater-se, rebentar, há-de trazer à superfície a força das entranhas e atrair o céu, há-de-o fazer precipitar-se até com ele se confundir, e as próprias rochas através das quais o rapaz segue hão-de pesar no prato ferozmente. Imperturbável, o rapaz colocará no outro prato o seu sorriso.

SOL SUBTERRÂNEO

O sol é subterrâneo, aquele a que eu
me quero hoje estender é o do meu espírito, é preciso
cavar bem fundo até o fazer surgir.

AS SOMBRAS

O sol declina-me no espírito, do meu mundo interior vêm-me as sombras ocupando aos poucos o lugar da pele.

CREPÚSCULO

Ao sol começa a faltar lenha, a rua
por onde agora eu sigo
vai só até onde a memória a conseguir abrir.

O UIVO

Quando um cão uiva é como se o fizesse do interior dos nossos ossos e os pusesse à mostra, os confundisse com aquilo que nos cerca, de algum modo então o nosso esqueleto integra o pátio, a roupa branca pendurada, a pilha de tijolos, há entre tudo isso e os nossos ossos uma afinidade a que somente o cão, como se o mar todo lhe pesasse na garganta, empresta nitidez.

DE VEZ EM QUANDO

O mar, se acaso alguém
fechando a mão o faz como se às praias
assim o subtraísse, o mar ligado
por cem mil cordas ao meu leito,

reduz-se a poucas vagas; porque há poros
na pele por onde o espírito goteja, há também quem
da parte envidraçada do seu espírito
de vez em quando as veja rebentar.

VITRINES

Por dentro do meu corpo, onde é possível separar do sangue os vários órgãos, a quem destes o contemple é dado vê-lo embravecer contra as vitrines. Desnudarmo-nos é pouco, há que mostrar as vísceras, pensei quando tal fiz pela primeira vez. Conheço alguém a quem a fome serve de lanterna, a quem em certas ocasiões ela se torna levemente luminosa, e de algum modo sinto que do fundo do seu espírito procura fazer vir a lua à superfície.

NINGUÉM SE LEMBRA

De quem ao coração vai buscar água
ninguém se lembra nem
de quem por tê-lo
pregado à pele mostra os seus pregos ferrugentos.

TEATRO

Na selva dos meus órgãos, sobre a qual foi desde sempre a pele o firmamento, ao coração coube o papel de rei da criação.

Ignoro de que peça é todo este meu corpo a encenação perversa, onde se vê o sangue rebentar contra os rochedos.

Do inferno, aonde às vezes o sol vai buscar as chamas, sobre ele impiedosamente jorram os projectores.

O NOME

Todo ele estava torcido para dentro da memória.

Sentia-se-lhe o corpo a abarrotar de sombra, a qual se lhe escapava com frequência pela boca, destruindo-lhe assim parte da cabeça.

Há quem sugira que o seu nome, de que nunca ninguém soube a forma exacta, se situa onde dele nada aos nossos olhos é visível; quem pelo contrário admita que talvez alguém a quem o coração sirva de lupa algures o venha ainda a decifrar.

Escalda-me a saliva onde a memória a surpreende, costumava-me ele dizer. Começa-se o verão a descolar por toda a parte. A uma luz que de nós próprios irradia é impossível conhecer seja o que for.

AS MÃOS NOS BOLSOS

As mãos nos bolsos, como se com eles comunicasse o coração, às vezes aparecia por aí.

O nome que lhe tinham posto era, no entanto, demasiado para uma só pessoa. Trazê-lo assim sempre consigo abria-lhe feridas pelo corpo, onde as cortinas se metiam, agitadas pelo vento.

Não serei eu a negar que o raciocínio e a pele se contaminam, costumava-me ele dizer. Ainda hoje a pele ganha terreno ao coração.

VESTUÁRIO

Um dia descobriu-se que ele, em vez de, como é hábito, vestir a roupa sobre a pele, a conseguia enfiar por baixo dela, ostentando, assim, uma nudez perpetuamente deformada. A ninguém desde aí voltou a passar despercebido que, apesar de nu, ele se encontrava agasalhado e que por baixo da pele dele a roupa competia com o volume dos seus músculos. Como se a malha, ou a fazenda, de que certas peças do vestuário se compunham fosse no seu próprio espírito engendrada, urdida nos seus próprios intestinos, era a partir deles que ele se vestia, agasalhava e conferia ao seu aspecto dignidade.

INVERNO

Havia já algum tempo, começara-se-lhe o corpo a encher aos poucos de feridas, através das quais se adivinhava um céu que permanentemente prenunciava tempestade. As malas iam-se entretanto amontoando ao pé da porta. Sobre elas, meio amarrotado, alguém deixara o espesso cachecol e o guarda-chuva, o qual, apesar de ele na rua o segurar, obviamente, com a mão, abria para dentro do seu espírito. As pessoas, pouco habituadas a ver alguém andar em semelhante posição, entreolhavam-se, interditas, sempre que ele passava, às vezes encharcado até aos ossos por aquela chuva que de súbito o seu espírito fazia desabar em cima dele.

AS MÃOS

No extremo do seu braço, onde era de supor que não houvesse senão uma, ele na realidade tinha, uma envolvendo a outra, duas mãos. Ambas podiam, consoante a ocasião, chamar a si qualquer destas funções — acariciar ou agredir —, embora sempre de maneiras diferentes. Apesar de apenas uma, provavelmente a que mais próxima estava do seu espírito, fazer o mar vir à superfície daquilo em que tocava, era impossível distingui-las, sobretudo pelo facto de elas, sem que alguma vez tenhamos descoberto de que modo, permutarem entre si. Nunca sabíamos qual de ambas se encontrava grávida da outra.

OS OLHOS

Sempre que sobre mim poisava os olhos, o olhar dele era o de quem os volta para dentro de si próprio, como se nesse espaço me quisesse aprisionar ou dele, sem que eu sequer o suspeitasse, há muito me tivesse feito residente. Raro era, porém, surgirem sob as pálpebras, no rosto, onde seria de esperar vermo-los, esses olhos. Não o faziam senão quando, como depois veio a ser sabido, até aí com ímpeto os alçava o seu mar interior nas suas cristas.

OLHANDO O SOL

Um dia, olhando o sol, deu conta de que nele tinha os ossos mergulhados. Era no entanto impensável proceder a escavações no sol, embora tarde ou cedo a gente acabe por sentir no coração as escavadoras. Dir-se-ia um sol magnético, capaz de decidir dos resultados das mais árduas partidas de xadrez. Como se fosse uma das peças, dir-se-ia, ou como se a luz dele recuperasse através deste uma etimologia insuspeitada.

Há quem em si se embrenhe até lhe dar o coração pela cintura — começou ele a escrever então. Como se a espinha do próprio acto de escrever ficasse à mostra, a mão foi-lhe emergindo aos poucos do papel.

O CÉU SOB AS ENTRANHAS

UNIVERSITY PARKS

Do céu pende a folhagem.
A miúda angústia a que
de novo apoio os cotovelos
adquire aqui tonalidades de ouro.

Passaram cães que pareciam cabras.
Por entre os vidros
inquietos dos meus óculos, o verde
das folhas tinge o coração.

Nas ervas
que crescem do meu espírito
pequenos animais escondem o focinho.

O mar vem agarrado à luz. As árvores
desafiam o sol como se nele
tivessem as raízes enterradas.

VIRGÍNIA

Embora o sol fosse alto ainda, àquela hora
já dali desertara, as sombras iam
saindo aos poucos de debaixo dos armários.
De vez em quando as mãos, completamente absortas,
detinham-se no ferro, sobre a tábua, ao lado
do gigo agora esvaziado e dos pesados
tabuleiros de verga, onde se erguia a roupa.
Tornavam-se mais nítidos, assim, os seus
contornos recortados contra a luz.
Dali podia-se avistar o mundo inteiro.
Ao longo dos telhados, por onde um ou outro gato
corria atrás das pombas, oscilava
ligeiramente a corda, onde a cidade, o céu
e os montes pareciam pendurados.

O SECRETÁRIO

Gerei dentro de mim, sem que disso tenha tido consciência desde o início, uma espécie de filho que depressa em muitas circunstâncias veio a tomar o meu lugar. Passei a partir dessa altura a agir por delegação, como se, apropriando-se ele das minhas ideias, as executasse antes de mim, mas de tal modo que só posteriormente eu dava conta de que não havia sido eu quem as pusera em prática. Tal foi o caso, por exemplo, com a escrita. Como se ele me lesse no espírito o que eu gostaria de escrever, antecipava-se-me, tendo sido assim que, entretanto, a mim vi atribuídos livros cuja autoria lhe pertence.

Jamais — faço questão em sublinhá-lo — no próprio instante da sua redacção me apercebi dessa transferência, de que só depois vários indícios me deram uma noção, dos quais o tom incipiente de que todos esses textos participam não é decerto o menos relevante. Vê-se que se trata, se não duma criança, pelo menos dum adolescente, o seu autor.

Não é sequer possível saber qual de nós neste momento faz correr sobre o papel a esferográfica, de tal forma mesmo aos meus olhos ele se faz passar por mim, levando a astúcia ao ponto de se invectivar. Talvez na realidade eu nunca venha a escrever uma só linha que seja, talvez esteja condenado a do que nesse sentido me aflorar o espírito jamais poder dar senão uma imagem distorcida pelo facto de entre o espírito e o papel inexoravelmente se interpor a mão de tão indesejado secretário.

OS ROSTOS NÁUFRAGOS

A substância do deserto é a do mar, que dele difere apenas pelo grau de apuramento. O mar surge no termo dum processo em que o deserto é uma das fases ou, mais concretamente, a sua cristalização. Se se atender a que o lugar onde esse apuramento se produz é o nosso espírito, não poderão causar qualquer estranheza factos como, por exemplo, o de a presença do deserto ser notada por quem, como os marinheiros, tenha um íntimo contacto com o mar.

O que eu do mar conheço, devo-o contudo, mais do que a qualquer outra experiência, a corpos onde a nitidez das suas águas ultrapassa muitas vezes a dos próprios traços fisionómicos; não raro, basta uma breve carícia, ou outro contacto ainda mais discreto, para sentir como são avassaladoras essas águas, à superfície das quais parecem prestes a afundar-se os rostos náufragos.

Não obstante, também já eu me apercebi da clandestina presença do deserto, o que me leva a compará-lo àquela roupa que persiste em irromper na pele de quem por isso nunca por completo se consegue desnudar.

ESTACAS

Os meus ossos estão espetados no deserto, não há um só no meu corpo que lhe escape.

Cravados todos eles na areia do deserto, uns a seguir aos outros, alinhados.

Seria absurdo falar-se de esqueleto.

A pele foi entretanto soterrada, há quem já tenha caminhado em cima dela. Quem diria? A pele, outrora hasteada, uma bandeira, quase uma coroa.

O vento apoderou-se-me das vértebras. O próprio sol que entre elas brilha é descarnado, um sol deserto, onde o deserto penetrou.

Talvez pudéssemos lavá-lo, este deserto, quem sabe? Ou amarrá-lo, amordaçá-lo. A pele garante o espaço, o resto logo se veria.

PAISAGEM CITADINA

A pele por fulgurantes
instantes muitas vezes abre-se até onde
seria impensável que exercesse
com tão grande rigor o seu domínio.

Não temos então dela senão rápidas
visões, onde os reclames
do coração se cruzam, solitários
e agrestes, reflectidos

por trás nos ossos empedrados.
Em certas posições vêem-se as cordas
do nosso espírito esticadas num terraço.

A roupa dói-nos porque, embora
nos cubra a pele, é dentro
do espírito que estão os tecidos amarrados.

CEGUEIRA

Um traço agudo e anónimo, apesar
de nela o coração fazer publicidade,
não dá
da pele a exacta dimensão.

Qualquer de nós o sabe, ao exibirmos
as correias que prendem ao destino o coração
sentimos
romper-se a pele sob a cegueira dos tecidos.

RETRATO

A pele era o que de mais solitário havia no seu corpo.
Há quem, tendo-a metida
num cofre até às mais fundas raízes,
simule não ter pele, quando
de facto ela não está
senão um pouco atrasada em relação ao coração.
Com ele porém não era assim.
A pele ia imitando o céu como podia.
Pequena, solitária, era uma pele metida
consigo mesma e que servia
de poço, onde além de água ele procurara protecção.

INSÓNIA

Fechou os olhos, procurando adicionar à escuridão do quarto a escuridão suplementar das suas entranhas. Agradou-lhe a ideia de que, através desse simples gesto, pudesse homogeneizar o exterior e o interior, como se as trevas em que o aposento mergulhava e as que dentro de si assim se desprendiam fossem de uma só e mesma natureza e, por uma progressiva porosidade do seu corpo, circulassem em ambos os sentidos até por completo lhe anularem os limites. De certa forma deixava de ter corpo, ou pelo menos um corpo exterior, e o que a ele se atinha quando havia luz podia agora reduzir-se a um núcleo ou expandir-se em círculos que só não abarcavam sucessivamente o quarto, o apartamento, o prédio, o bairro, porque no escuro nada disso chega a ter sentido. A única referência era, de quando em quando, o longínquo motor de um camião ou o apito de um comboio na linha de Sintra. Esse ruído, que em seu entender constituía o modo de a distância se exprimir, proporcionava-lhe então um incomensurável prazer, que tanto podia advir de, na sequência da transformação que as trevas haviam provocado no seu corpo, o ouvido se ter aproximado do coração, como de, graças à assimilação que essas mesmas trevas haviam produzido entre o interior e o exterior, esses ruídos lhe chegarem como vindos de dentro de si próprio, de dentro desse coração a que os sentidos pareciam encostar-se, e, mediante uma identificação entre o espaço e o tempo a que a escuridão também era propícia, se lhe apresentarem como provenientes duma época remota, tão distante do presente como da sua cama o inimaginável troço de estrada ou de linha férrea donde a espaços irrompiam.

O CORPO ESPACEJADO

Perdia-se-lhe o corpo no deserto, que dentro dele aos poucos conquistava um espaço cada vez maior, novos contornos, novas posições, e lhe envolvia os órgãos que, isolados nas areias, adquiriam uma reverberação particular. Ia-se de dia para dia espacejando. As várias partes de que só por abstracção se chegava à noção de um todo começavam a afastar-se umas das outras, de forma que entre elas não tardou que espumejassem as marés e a própria via-láctea principiasse a abrir caminho. A sua carne exercia aliás uma enigmática atracção sobre as estrelas, que em breve conseguiu assimilar, exibindo-as, aos olhos de quem o não soubesse, como luminosas cicatrizes cujo brilho, transmutado em sangue, lentamente se esvaía. Ele mais não era, nessas ocasiões, do que um morrão, nas cinzas do qual, quase imperceptível, se podia no entanto detectar ainda a palpitação das vísceras, que a mais pequena alteração na direcção do vento era capaz de pôr de novo a funcionar. Resolveu então plastificar-se. Principiou pelas extremidades, pelos dedos das mãos e pelos pés, mas passado pouco tempo eram já os pulmões, os intestinos e o coração o que minuciosamente ele embrulhava em celofane, contra o qual as ondas produziam um ruído aterrador.

A SOMBRA

Se o homem fosse uma árvore, seria diferente de todas as restantes, dado que é no centro do seu corpo, e não na extremidade, que se encontram as raízes. Refiro-me, evidentemente, ao coração, esse órgão a partir do qual ganham sentido as outras partes, sendo indubitavelmente a pele o que no corpo corresponde às folhas.

Talvez pareça insólito trazer dentro de si, escondidas no âmago, as raízes, em lugar de as espetar na terra. De tal modo a esta se associa a ideia de raiz que quase somos compelidos a pensar que o coração é subterrâneo, que entre ele e o que do nosso corpo vemos há uma linha divisória, uma demarcação correspondente àquela outra, horizontal, que habitualmente representa o solo.

Importa, na verdade, salientar que, se entre a pele e o coração, como entre as folhas e a raiz, parece ao mesmo tempo haver um traço de união que o tronco, por seu turno, configura, tal união, que além do mais esconde o intransponível hiato que os separa, é menos real do que aparente. Pense-se no fosso que nos jardins zoológicos há entre as feras e as pessoas e ter-se-á uma ideia desse abismo.

O que é que neste caso são as feras — a pele ou o coração — é que é talvez difícil de dizer. De tal modo às vezes é frondoso o coração que toda a pele se acolhe à sua sombra.

CÉU ÁRIDO

Devemos, ao falar, ter o maior cuidado com as palavras que empregamos, pois, sendo algumas delas particularmente vulneráveis às raízes, arriscamo-nos a ver apoderar-se-nos da fala uma vegetação que talvez chegue mesmo a destruir-nos. A fala quer-se árida, de uma aridez idêntica à da roupa que nos cobre o corpo ou à do céu, de que me esforço, sempre que dele falo, por deixar à mostra um dos agrafos mais profundos.

UMA CANDEIA

Poisei na margem desta folha uma candeia, para que se tornassem mais claras as palavras deste texto. Uma candeia também ela feita de palavras e que, contrariamente às aparências, não está na margem mas dispersa nas palavras, de tal forma que, se eu falar das praias, por exemplo, o próprio olhar dos leitores torna visíveis os contornos dos banhistas.

TRANSPARÊNCIA

Momentos há em que a toda a nossa volta os objectos se tornam insuportáveis como se nos roubassem o ar, como se neles houvesse uma respiração onde o ar e a luz interviessem simultaneamente. Entre os sabores que tocam no meu espírito procuro então o que melhor me possa devolver à transparência, não a dos espelhos ou dos vidros, que a literalidade impregna, mas a abrupta transparência dos sentidos.

O ÚLTIMO REDUTO

Naquilo a que chamamos eu há sempre um espaço inocupado, onde parece alimentar-se um mecanismo que de dentro de nós próprios se apostasse em escorraçar-nos, repelir-nos, algo cuja natureza nos é estranha e que não raro ocupa toda a nossa identidade. Vamos assim sendo confinados a um domínio que se exaure, a um território em progressiva retracção, que em breve se limita às mãos, aos lábios, ao rebordo de uma ferida, sendo na pele que inevitavelmente concentramos então tudo o que nos resta. Na pele é um modo de dizer: na roupa, nos adornos. São os brincos, as pulseiras e os anéis o que por vezes nos sustém, o que garante a nossa integridade, o último reduto contra esse mecanismo que de dentro de nós próprios nos rechaça e de que a pele, a plataforma a que, alarmados, então nos agarramos, é igualmente o carburante, numa duplicidade idêntica à de um livro cujas páginas entrassem e saíssem do espírito de quem o escrevesse.

O POLVO

A pele prende-se ao tempo, a cola escorre em pingos que parecem de estearina. Ao unir-se assim às mais variadas épocas, a pele vai aos poucos adquirindo a configuração dum polvo, o qual, como se sabe, é de todos os animais o que mais se assemelha a uma raiz. A pele, chama do tempo, em cuja extremidade tão depressa a vemos triunfante como prestes a extinguir-se, às vezes fere a escuridão como uma faca. O coração é o tempo, a pele as margens.

OS OSSOS

Um dia, ao acordar, deu por ter deixado todos os seus ossos num dos sonhos, do qual, como dum espelho, a carne e a roupa juntas irrompiam. Nunca mais desde então os pôde espetar na realidade, coisa que antes tanto se orgulhava de fazer.

Talvez num cão fosse possível encontrar a necessária obstinação para os trazer de novo à superfície. Contudo a tal profundidade os ossos estariam que, por muito que o animal escavasse, sob as suas patas haveriam de romper as águas de mil rios, pedras, folhas, a enxurrada do universo e, embravecido, o próprio mar, mais tudo aquilo ainda de que habitualmente os sonhos se compõem, antes que deles se deixasse adivinhar o mais breve vestígio.

A COR DOS OSSOS

É muito pouco, geralmente, o que sabemos quer dos nossos órgãos, quer do nosso sangue. Comparável a essa ignorância, só muitas vezes a que diz respeito à nossa genealogia, a qual a vários títulos — e não por isso apenas — deveria ser relacionada com o nosso corpo.

Um dia, num programa de rádio em que falavam dos ciganos, ouvi um, ao ser entrevistado, responder que não sabia nada sobre a sua origem. O problema provavelmente nem sequer se lhe chegara alguma vez a pôr. O facto impressionou-me, e não tardou que viesse a pressentir a ligação que existe entre ele e o desconhecimento em que, não raro, mergulhamos no que toca ao nosso corpo. Se me fosse possível ver na rua um osso ou um órgão meu, dificilmente o distinguiria dos de outras pessoas junto dos quais ele estivesse, do mesmo modo que não conheceria o meu antepassado de quem nunca me chegou às mãos qualquer retrato.

A nossa anatomia é uma terra enigmática e longínqua sobre cujo mapa jamais pensámos debruçar-nos. Carregamos connosco, desde que nascemos, montes e caudalosos rios de cujo crescimento temos uma ideia exterior, ligada sobretudo ao peso que do conjunto periodicamente acusa o mostrador duma balança anónima. Das fontes que dentro de nós durante muitos anos brotam e depois se apagam lentamente, não temos a mínima noção, nem do que dentro de nós se passa em processos aparentemente tão simples e correntes como as digestões diárias.

Os ossos são, no entanto, o que, de tudo isso, mais me preocupa. Desconhecemos deles a própria cor. Talvez haja quem os tenha coloridos, uns deles azuis, os outros cor-de-rosa, e atravesse a vida, às vezes longa, sem que do facto se chegue a aperceber. Há talvez mesmo quem não dê, durante a vida inteira, por ter ossos, carregando-os consigo várias dezenas de anos como se eles não existissem. O problema que daqui decorre é o de saber se o facto de a cor deles divergir altera a relação que, mesmo que o ignore, com eles tem quem os possui; ou seja, o de saber se alguém, por tê-los verdes, ou verdes alguns deles e outros azuis, se sente, por exemplo, mais feliz — ainda que, repito, essa questão se lhe não ponha — do que quem os tem castanhos, ou pura e simplesmente duma cor que como tal se não chegue a definir, como se só em dadas circunstâncias se justificasse que a questão da cor fosse encarada.

Um outro passo a dar nos meandros deste raciocínio é o que nos leva a pôr a hipótese de os ossos se poderem refugiar, em certos casos, na memória, como se esta os absorvesse e quem por eles fosse constituído então se invertebrasse ou reduzisse a um mero filamento onde assentasse a carapaça da memória, no interior da qual o corpo inteiro se engolfasse até completamente se sumir.

A MÃO

Onde quer que ele chegasse, o que sempre encontrava era a sua própria mão, uma pequena mão que dum longínquo braço seu desde remotos tempos o aguardava. Era uma afável mão, quase fraterna, que, de modo algum inerte, lhe apertava as suas, ou o que delas lhe restava, e o afagava e masturbava docemente. A breve trecho a comparou ao mar.

OS NERVOS

Começaram-se-lhe os nervos, um dia, a reproduzir com uma violência inusitada, abrindo-lhe por fim a pele, por fora da qual, como a hera nas paredes, rapidamente se espalharam, sobrepondo-se aqui e acolá à própria roupa, com que deixou de poder dissimular o acontecido. Não havia, além disso, peça de vestuário que, depois de a ter vestida há algumas horas, o seu espírito já quase não houvesse totalmente devorado. O mesmo sucedia com os óculos. À nudez que o espírito lhe impunha, vinha-se juntar assim uma espécie de cegueira, entre as quais não tardou a haver quem encontrasse afinidades.

ATRÁS DE SI

Por onde quer que passasse, deixava atrás de si sulcos abertos na vida, o que a tornava comparável aos terrenos onde, quando os lavradores os atravessam com o arado, a realidade em certos pontos fica à mostra. Havia nela o exagero das paisagens que se multiplicam em registos que as distorcem (o mar no conjuntivo, etc.), mas sempre aliado às coisas que se obstinam em colar-se à negação, donde irradia a luz a que julgamos conhecê-las.

DISJUNÇÃO

Ao mergulhar, o mar entrou-lhe de roldão no pensamento e deslocou-lhe os sentimentos para uma zona de tal modo abstracta e afastada de qualquer tipo de emoção, que por momentos deu duas ou três braçadas num plano de si mesmo a que jamais tivera acesso e que, por muito pouco democrático desígnio da natureza, lhe pareceu que até então estivera reservado a deus. Fruto de alguns segundos, que cada poro do seu corpo registou de maneira diferente, acrescentando-lhe ao que acima se descreve uma sensação de elasticidade cronológica de que se lhe afiguraram pouco dignos os seus órgãos, esta experiência foi interrompida por um regresso à superfície que lhe devolveu a presença do areal e dos rochedos a que naquele instante a aragem insuflava uma realidade disjuntiva.

IDENTIDADE

Ignoro o que ao certo seja ser, mas, seja o que for, dispõe de intensidade própria e regulável como o som dum aparelho ou a velocidade dum motor. Há momentos em que «sou» mais do que noutros, em que, se assim pode dizer-se, tenho a minha identidade acelerada.

MATADOURO

Dancei num matadouro, como se o sangue de todos os animais que à minha volta pendiam degolados fosse o meu. Dancei até que em mim houvesse espaço para um poema de que todas as imagens depois fossem desertando.

A luz que desse sangue irradiava, como se nele o sol tivesse mergulhado e os raios nele se houvessem diluído, atravessava-me os poros e fazia-me cantar o coração. Tratava-se de uma luz que nada tinha a ver com a piedade ou a esperança, mas cuja música, sem me passar pelos ouvidos, ia direita ao coração, que no dos animais acabados de abater por momentos encontrava um espelho ainda quente, tão diverso da algidez que habitualmente neles impera.

Só num espelho assim saído há pouco das entranhas dum ser vivo se desenha a nossa verdadeira imagem, ao invés da frigorífica mentira onde é comum a vermos esboçar-se. Só esse espelho capta a espessa luz em que parecem ter-se consumido os próprios astros, essa luz que com os objectos que ilumina se confunde numa única substância capaz de arrancar-nos à treva e de dar cor à santidade.

A luz do néon, ante aquela de que se esvazia o coração dum porco, é uma metáfora de impacto reduzido. A luz que das vísceras emana é a de deus, aquela que, por uma excessiva dose de trevas misturada, mais que qualquer outra se aproxima da de deus, que resplandece nas carcaças em costelas onde é fácil pressentir as incipientes asas de algum anjo.

O berro do animal que qualquer faca anónima remete à condição daqueles cujo sangue se escoe ao nosso lado é o único som a que dançar merece a pena. O dia declinou-lhe nas entranhas, quantas manhãs as percorreram absorvidas pelas aberturas dos seus olhos mais não são agora do que um rastro de lume sobre a lâmina e nos baldes onde pinga, reduzidas a um furtivo clarão de dignidade de que todos de repente nos sentimos órfãos.

REGRESSO

Estou em Viseu, o tempo dá de súbito um salto para trás.

É um filme muito antigo, entre cujas imagens, devolvidas assim à realidade, me movo hipnoticamente, em cada uma das coisas que me cercam pressentindo o sangue de que, dentro de mim, durante todos estes anos se nutriram. Cada contorno aqui é um sublinhado.

Vim para vender um prédio, a casa onde cresci, cujas janelas, através das quais primeiro apreendi o mundo, de tal forma então se confundiram com os meus olhos que se me entranharam nos sentidos. Não vai ser fácil arrancá-la agora às profundidades da alma, donde como uma planta parece ter brotado até me submergir na sua sombra.

A MESA

Da mesa a que me sento, onde registo em traços largos esta ideia, uma pequena parte começou-se-me a entranhar na alma, fascinada pela expectativa de a madeira se poder aos poucos converter em carne.

Atrás dela, os objectos que sobre ela estão poisados — o papel, a esferográfica, o relógio, um espelho — irão decerto reclamar idêntico destino.

Não tarda, desta forma, que o meu sangue me reflicta e que aos meus órgãos o relógio ceda o privilégio de marcar no mostrador o verdadeiro tempo do meu espírito.

A EXACTIDÃO DAS COISAS

A exactidão das coisas, a plena adequação de cada uma aos seus contornos, é algo que jamais se verifica, indo de par a sua variável precisão com a maior ou menor proximidade a que se encontrem do presente, dimensão ideal para que, nos seus arredores, todas elas tendem a seu modo, sem que alguma vez a possam atingir. Há entre elas desencontros decorrentes da inconstante resistência que, em virtude de factores como a substância, a antiguidade ou as funções que desempenham, oferecem ao futuro. Os seus contornos, mais ou menos inexactos, são pois fruto, em grande parte, da presença do futuro, que nelas, em ritmos e velocidades desiguais, encarna com um rumor às vezes quase imperceptível.

Em certas circunstâncias, os objectos estabelecem entre si contactos que conduzem a reajustamentos dos diversos ritmos e densidades com que o futuro através deles se precipita, provocando assim alterações imprevisíveis a que vamos procurar motivos para indagação e espanto. Há ocasiões em que o futuro é espesso, outras mais rarefeito, alturas em que tem qualquer coisa de agudo, percuciente, outras algo de abismal, vertiginoso. Através dos objectos, de que, a um certo nível, podemos assim dizer que é uma componente essencial e impossível de isolar, todo o futuro flui na mira de um presente que incessantemente se desloca.

O VISITANTE

Entrava com a luz, a sua presença era quase imperceptível quando, encontrando-se fechadas todas as janelas, atravessava os vidros sem sequer os fazer estremecer.

Talvez então cantasse, pois dessas visitas nos ficava algures, disseminada no aposento, uma ou outra palavra que, de tão profundamente que a luz nela se entranhara, era inaudível. Mas mais tarde ou mais cedo qualquer gesto nosso totalmente anódino acabava sempre por cruzar-se com o seu ritmo — e nessa altura tudo à nossa volta momentaneamente recordava a sua efémera incursão na nossa vida.

UM RIO

De vez em quando, sem sabermos muito bem como nem porquê, atravessa-nos a casa um rio cujas margens depressa começam a disputar o espaço aos móveis, a todos os objectos que habitualmente nos rodeiam. Avassaladoras, as águas alimentam deles o seu caudal, numa enxurrada de que ignoramos as causas e o destino. Os nossos próprios corpos, com especial incidência sobre certas partes ou alguns dos nossos órgãos, lhes parecem servir de margens e de leito, o mesmo acontecendo, e mais profundamente ainda, com determinados sentimentos de que a todo o custo nos tentamos libertar antes que, entrando através deles no nosso espírito, as endemoninhadas águas por completo nos afoguem. Através dos relógios ou de qualquer outro modo mais subtil que o nosso pensamento não alcança, acabam por penetrar no próprio tempo, onde as sentimos ascender voluntariosamente e espumejar contra um ou outro instante de cuja consistência, que o distingue dos restantes e o isola no limiar das nossas vidas, ninguém doutra maneira se viria a aperceber. Existe nessas águas qualquer coisa de espacejado ou intermitente que em certas alturas nos permite, por exemplo, estender a mão para tocar numa das portas sem que os dedos sequer se cheguem a molhar, muito embora a força que as águas fazem dos dois lados nos dissuada de qualquer tentativa para a abrir. Não tarda que, em virtude da humidade que então por toda a parte se insinua, a natureza nos irrompa sobre os móveis, se apodere de alguns dos nossos livros e procure as alusões que lhe são feitas, como se as páginas onde isso aconteça já de certa forma lhe estivessem afeiçoadas e, pelo facto de referirem por exemplo um prado, se encontrassem aptas a albergar raízes que em breve proliferam entre dicionários e um ou outro compêndio de botânica esquecido há muito. E, tal como se o rio enveredasse então pelos espelhos, de repente damos por que o temos já somente na memória.

A ROUPA

Entre o meu corpo e a roupa que o reveste há uma distância enorme. Dir-se-ia que a roupa está nas insondáveis profundezas dum abismo em torno de cuja protecção os meus órgãos se expusessem aos caprichos do céu. Bloqueiam-me as vértebras palavras de cujo sentido o próprio sol precisa para brilhar. Sai-me do corpo o tempo num só vómito, o que torna transparentes todos os meus órgãos. A roupa é uma incógnita, esmagada assim entre a esperança e as torrentes.

O SOL E AS CINZAS

O tempo entrou-nos na memória espezinhando-nos as vísceras. Há em tudo isto uma clareza que nos é fatal. Resta-nos agora só polir as cinzas, onde uma ou outra ideia se debate ainda. Há quem diga que a matéria das asas é o voo, mas também nisso há decerto alguma confusão. O sol não alumia senão em função duma certa linguagem, desinserido da qual tudo são trevas. O sol não é bilingue.

ABERTURA

O corpo está demasiado próximo do quotidiano, há que instaurar entre eles uma abertura, alguns centímetros de intensa liberdade. A pele tem certamente aí qualquer coisa a dizer. Para se lá chegar, é todavia necessário atravessar primeiro a neve que, sob o pensamento, cai no que é pensado, entrando então num espaço onde, com todos os pregos do meu espírito espetados na memória, já me tem acontecido ter de rastejar.

DOIS RIOS

O corpo dividido em duas partes
fechadas
à chave uma na outra, avanço
num duplo coração como se fosse
ao mesmo tempo num só barco por dois rios.

EMBRULHO

A pele tornou-se-me exigente, dir-se-ia que me passa através das frestas que os pensamentos deixam abertas entre si, ou entre os pensamentos e a memória, e que por vezes os envolve como se eles fizessem parte do meu corpo. Eu mais não sou então do que um embrulho de memória, atado pelas veias e lacrado pelo espírito.

Entre cada um dos meus poros e o que dele diviso no meu espírito há uma corda, uma espécie de cabo onde circula a realidade ou onde, de quando em quando, ela aparece pendurada. Há quem nessas alturas a confunda com a pele, mas é só porque a roupa então se cola aos sentimentos que podemos vislumbrar o firmamento através deles.

NAUFRÁGIO

Um pano imerso na agonia, a que se prende
o céu que me perfura a carne (amarga-nos
a carne quando
tão fundo tem o céu dentro de si),

o céu encurva-nos a carne, o plástico
do espírito de súbito
visível nos espaços
abertos entre os pensamentos,

e assim contra as vidraças
do espírito a agonia atira a chuva,
um rio onde os meus ossos naufragassem,
a pele que me servia de bandeira.

OUTRO RIO

Um rio extravasou-me da memória, a que o mantinham preso as forças do passado. Nas suas margens, o meu corpo divide-se entre a História e a atmosfera, tomando assim o peso à realidade que através de todos os meus poros se procura incorporar na marcha dos sentidos. Alguma coisa nela toma por transporte a luz, outra as metáforas que cuidadosamente vou tentando encaminhar para um terreno mais seguro. Um pão aguarda entre os escombros que a solidão venha devorá-lo. Sei que existe algures um espelho onde a imagem do meu rosto incorpora a eternidade, mas os olhos de que por enquanto vou dispondo não me permitem vislumbrá-lo. Parece trepidar a toda a minha volta um mecanismo de que a História fosse o combustível. Da memória abro veredas para as partes do meu corpo mais expostas à devastação das águas.

TRANSCRIÇÃO

O corpo escolhe os buracos da vida através dos quais possa crescer. Fá-lo de forma reptilínea, esfolando-se contra as arestas do tempo, onde suspenso um sol fortíssimo lhe deixa à mostra as vísceras cada vez mais profundamente. O sol parece inchar. É de crer que ele também tenha o seu buraco. As vísceras consomem-no, assimilam-no, dão dele no espírito uma imagem totalmente falseada, a cuja luz o corpo surge entre o passado e a natureza unido à sua própria transcrição.

ESTREITOS AROS DÓCEIS

Por uma dessas rápidas passagens
do inverno ao vidro,
do vidro à escassez
subtil das águas no horizonte da esperança,

entramos mas não vemos
do lado azul da própria rapidez
um só dos nossos ossos que nos possa
servir de apoio contra o curso da escassez.

Um osso é uma raiz no caos.
Uma raiz na solidão.
A carne que o reveste prende-se aos
estreitos aros dóceis

que sob a sombra de futuros fósseis
se movem já nas margens da nudez.

FRESTAS

Colou-se-me às entranhas a memória, aqueles
que sobre as vísceras
estranhem ver estendido o céu deserto
talvez não venham a entender por que motivo

se obstina em abrir frestas através
das quais possa irromper a realidade
aquele a quem a mão
de deus salga as entranhas e o caminho.

MARCAS

A pele que o tempo trouxe nas entranhas
desembaraça-se
da treva agora com mais custo, comparável
apenas à de quem,
tentando a todo o transe erguer o écran

de pedra onde o cinema se desfaz, ousasse
fazer da pele a partitura
que os ossos interpretam
no meio de metáforas atadas
por dentro ao próprio corpo que nomeiam.

A pele era uma chave, outras o mundo
decerto encontraria, mas agora
das portas que, depois
de arrancadas às casas e atiradas
ao mar, foram fechadas para sempre

nem uma só subsiste atrás da qual
possamos esconder as cicatrizes.
O mar rebenta-me
de novo na memória, onde os meus ossos
parecem ancorados.

Sustento, erguendo as mãos, todos os astros.
Do sangue a que a distância se mistura
nas casas através de cujas frinchas
a custo conseguimos
fazer entrar o céu, pondo o silêncio à mostra,

há marcas no destino a que se prendem,
urdidos nas entranhas, os tecidos
que vêm coroar-nos
e sobre o corpo se assemelham ao que dentro
de cada coisa é essa coisa abstractamente.

POR TRÁS DO ESPELHO

Há sítios, como aquele pedaço de parede a que se encoste um espelho, que, embora existam, estão mesmo à beira da absoluta irrealidade, a qual de tal maneira neles mergulha às vezes as raízes que quase os diríamos definitivamente transportados para o lado de que só deus pode apreender a luz.

NO FOGO DA MEMÓRIA

Começa-se o silêncio a desenhar
nos interstícios da carne, a que se prendem
imagens que no fogo
lento da memória se apuraram
de dia para dia e que o passado
nos serve agora como uma iguaria.

LEMBRANÇA DE A. MORIN

De bruços sobre o lavatório, abro a torneira, tapo o ralo, fico alguns momentos a ver correr a esperança, que vai enchendo aos poucos a bacia. Depois fecho a torneira e, retirando a tampa, vejo-a escoar-se em gorgolejos que cada vez são mais humanos e mais fundos. É a respiração do ralo, que só então dou conta de que está dentro de mim, por uma dessas distorções a que é costume eu ser atreito e que me impede ainda de me ver no próprio espelho, que, apesar de se encontrar à minha frente, não consigo deslocar do avesso dos meus olhos.

Os meus sentidos rangem, solidários com os canos, eles que eu gostaria de poder assimilar ao mar, a um céu azul, desanuviado, e que jamais me dão do espírito visões onde não se encastoem nuvens e rebentem tempestades.

Repito a operação. Mergulho às vezes as mãos na minha esperança, mas retiro-as ao cabo de algum tempo, antes que se transformem em raízes. Destapo uma vez mais o ralo. Assim corre a amizade — penso, olhando o redemoinho —, assim correm os afectos, que, depois de encherem a bacia onde a custo nos lavamos sem os fazermos transbordar, se escoam sem regresso em direcção ao caos.

Cresceram-me entre os ossos já as primeiras ervas.
Talvez dos descampados que me vêm
do espírito acabar à boca dos sentidos
por fim surjam aqueles que quando escavam
o fazem como se avançassem
assim para uma vida mais autêntica.
Terão o tempo nas mãos como uma enxada.
Brilhar-lhes-ão nas pás
pedaços do meu corpo que respiram.

O AZUL DO MAR

O azul do mar desprende-se da água.
Dos ossos que cravei na realidade, onde pensava
que o mar se sustivesse e da qual sempre
supus também que o mar se alimentasse (de tal forma
por vezes o sentimos
encher-se de realismo), nem um só, mesmo pintado,
subsiste agora
que o tempo tudo apaga à minha volta.

VULCÃO

I

OS ECOS

A carne que os guindastes
suspendem, minha,
rente à fosforescência
no abismo dos dias,

a mesma onde a rasura
do tempo abre interstícios
estendendo-a no mármore,

as máquinas que os astros
perfuram erguem-na às alturas
do espaço ou das colunas
de que se nutre o tempo,

noite onde os astros
escondem as raízes
ou ramo de glicínias
em dedos sufocados, carne

onde inda vibram
do extinto amor os ecos.

LEMBRANÇAS

Como é que eu poderei sintonizar o poema de maneira a que a espessura do papel não se insinue entre as suas inflexões e, a coberto da leve desfocagem a que a página o submete, o não invadam ruídos doutros textos? Eu sintonizo a página à memória, por cujas estrias as lembranças parecem ficar eléctricas quando se vêm colar como adesivos ao avesso das palavras ou irradiar, sabe-se lá donde, uma luz que, projectada sobre a página, me faz de novo aproximar do mar com passos vacilantes, dando ao meu pai uma das mãos e a outra ao terror de me saber tragado em breve por aquela imensa massa de água a espumejar à minha frente.

LAMPARINA

Agora que escurece, impregnam-me
a carne os sucos da memória, essa memória
que, pela sua força unicamente,
a ergue entre os destroços e a alumia
como uma lamparina
onde as lembranças fossem o azeite.

UM OSSO

Um osso preso ao sal, como que mergulhado
no sal, salgando até às vísceras
o corpo, um pássaro cantando nas feridas
em pleno inverno, as manhãs altas
e abertas invadindo as árvores,

manhãs anfractuosas, através
das quais toda a alegria em vão ascende
das tábuas do soalho aos copos
na mesa onde branquejam
o osso torturado, a luz ferida,

manhã que se me entranha
até ser mais infância que manhã
nesse osso em torno
do qual como uma auréola a luz vibra,

manhã que nem mesmo a alegria
que as lentes uma a uma ampliam
consegue penetrar, feridas através
das quais as nuvens se amontoam mal disfarçam
agora em seu redor manchas de mar.

TRÊS VOLTAS

O radar gira no veludo, entre resíduos
acesos. São resíduos mágicos.
O céu dá-lhes três voltas, uma
das quais o torna quase incandescente.

Que inóspito destino poderá
servir-nos ainda hoje de intenção? Paisagens
às quais a nossa pele serve de lente
estão feitas com ele, que as desintegra.

Coroem-se as entranhas se preciso
for, neste areal, que as vísceras
de deus se façam coroar.

A trágica circunferência
traçada no veludo empresta a cada
momento do passado uma eficácia atroz.

ESPINHOS

O réptil de que somos as entranhas
abertas na consciência
emerge-nos da terra, onde, poisadas,

as vísceras,
pintadas e nostálgicas
de serem uma raiz,

se agitam como
se alguém as embalasse e as víssemos,
ainda palpitantes,

cobrirem-se de espinhos, nós
que, contra o céu que se divide, assim
expomos as entranhas

que somos e as feridas
que, como treva ainda mal cicatrizada,
se rasgam lentamente à superfície.

SEM OUTRO INTUITO

Atirávamos pedras
à água para o silêncio vir à tona.
O mundo, que os sentidos tonificam,
surgia-nos então todo enterrado
na nossa própria carne, envolto
por vezes em ferozes transparências
que as pedras acirravam
sem outro intuito além do de extraírem
às águas o silêncio que as unia.

A NEVE

Escarvam-me o passado as unhas
de deus enquanto as vísceras, das quais
me vem ao cérebro a esperança,
se impregnam de sentido e em cima
de mim placidamente a neve cai
vergando-me as lembranças.

A FOME

Aqui, onde a mão não
alcança o interruptor da vida, aqui
só brilha a solidão.
Desfazem-se as lembranças contra os vidros.

Aqui, onde a brancura
dum lenço é a brancura do infortúnio,

aqui a solidão
não brilha, apenas
se estorce.
A fome fala através das feridas.

A NOITE

A noite veio de dentro, começou a surgir do interior de cada um dos objectos e a envolvê-los no seu halo negro. Não tardou que as trevas irradiassem das nossas próprias entranhas, quase que assobiavam ao cruzar-nos os poros. Seriam umas duas ou três da tarde e nós sentíamo-las crescendo a toda a nossa volta. Qualquer que fosse a perspectiva, as trevas bifurcavam-na: daí a sensação de que, apesar de a noite também se desprender das coisas, havia nela algo de essencialmente humano, visceral. Como instantes exteriores que procurassem integrar-se na trama do tempo, sucediam-se os relâmpagos: era a luz da tarde, num estertor, a emergir intermitentemente à superfície das coisas. Foi nessa altura que a visão se começou a fazer pelas raízes. As imagens eram sugadas a partir do que dentro de cada objecto ainda não se indiferenciara da luz e, após complicadíssimos processos, imprimiam-se nos olhos. Unidos aos relâmpagos, rompíamos então a custo a treva nasalada.

O TÍMPANO E A PUPILA

Num dos pratos o mar, no outro um rio, agora
que o tempo se desossa,
que as pedras
que piso se me enterram na memória e os caminhos

se me aguçam na alma como lâminas, o pão
molhado nas feridas,
o pão
ele próprio já também uma ferida, agora

que o tempo, que já tanto
compararam a um rio, mais
não é do que uma leve exsudação nos muros,
nas mãos, agora

que o céu se encrespa e que pedaços
de mundo arremessados
com toda a força aos olhos revolteiam
na treva antes de se extinguirem,

mais magro do que a neve
caminho, a alma aberta como uma ferida
ao longo da memória, onde se fundem
o tímpano e a pupila.

BEM FUNDO

Um prego na gengiva,
bem fundo, até onde seria
de crer que só chegasse a alma, assim

as árvores nos crescem
por dentro da memória, onde as raízes
a fazem rebentar, assim

as folhas que nos servem
por momentos de pele
se nos agitam no espírito, onde a pele

se afunda como num écran,
a pele, um jeito de árvore que tivesse
um espelho entre as raízes,

a pele que nos vendou, que nos serviu
de venda e de memória,
brancura que o lençol disputa às trevas,

irmã dessa raiz
agarrada ao écran, dessa gengiva
esquecida já de ter estado na boca

e agora apenas presa
à alma, sobre a qual
parece debruçada.

A CARNE

A carne, atravessada por tantos e tão variados sentimentos quantos e quão variados os solutos onde poderiam mergulhá-la, por um sol que ela, depois de lhe ter sido impenetrável, acabasse por fazer correr dentro de si como uma espécie de cinema a que de súbito se abrisse, a carne, pura projecção dum tempo fulgurante cuja consistência fosse momentaneamente a sua, um tempo que sobre ela desterrasse o sol sem que por isso escurecesse porque ele próprio brilharia, carne que através dessa ferida anoitecesse e amanhecesse, quem agora a visse — assim arqueada até ao espírito — julgá-la-ia, irmanada a um relâmpago, entre imagens de que fosse tanto o écran como a raiz.

AS TREVAS

Começam-nos as trevas a romper
a carne, comparáveis
a neve que do céu
caísse ensanguentada

ou pedra que, ao tombar
num lago, o abrisse
em sucessivos círculos, alguns
dos quais já fora de água, em plena vida,

alguém
no meio da paisagem
empunha um calorífico

enquanto eu, que de roupa
não trago mais que um lenço,
com ele cubro a cabeça para não morrer,

aqui ninguém ignora
que os lagos gelam a partir das margens
e o homem a partir do coração,

que a luz
ascende do vazio
e tudo o que nos resta mais não é

que um sol sem crédito
num céu desafectado,

envolvem-nos as trevas
os ossos, dir-se-ia
que a própria morte
nos serve aqui de pele, como a um morcego.

RECÔNDITAS PALAVRAS

Inquietam-me as dedadas
de deus rente à raiz da carne, ao indeciso
equilíbrio da alma
na balança, à cicatriz
azul do céu sobre o destino.

O mar pneumático, ao sabor
do qual contra os sentidos se nos fazem
e desfazem as ávidas lembranças,
assalta-me os sentidos, tenebrosas

crateras escavadas
no espírito e através
das quais, incandescentes, as imagens
do mundo sobre ele próprio se derramam

como uma lava espessa, esses sentidos
que, como aéreos
estigmas, nos imprimem
na carne a cicatriz do céu, a indecisa
maneira de as imagens

do mundo se guindarem
mais alto do que a alma ou o alento
de quem dentro de nós
aviva a sua chama. O que nos sai
do coração vem a ferver.

A carne, ao rés
da qual o céu se encurva, báscula

que deus deixou nos arredores
dum qualquer lugarejo

a encher-se de ferrugem, cicatriz
pesada, combustível, com raiz
nas mais profundas trevas, a carne âncora
submersa no destino, ergue-se a pique

de novo onde as lembranças
se fazem e desfazem
com todo o azul do céu
lá dentro a procurar rompê-la.

Sentados no convés, como se fosse
já noite e nos soubesse
o pão ao ranço da memória, contemplamos
os rudes marinheiros.

Depois que pela encosta procurámos
em vão uma escada de que o último
degrau fosse já dentro da memória,
suspenso na memória,

desfaz-se-nos dos ossos
a carne, com o seu quê de lírico e festivo,
em áreas portuárias onde o mar
nos sai do coração para galgar o molhe,

e, agora que começam
os anos a pesar
mais para trás que para a frente, acodem-nos
recônditas palavras aos ouvidos:

«Fecharam-se-te os olhos e eu fiquei de fora»,

«Nas tuas mãos começa o precipício».

II

O GRITO

Corria pela rua acima quando a súbita explosão dum grito o fez parar instantaneamente. Todo o seu corpo estremeceu. O que ele desde sempre receara acabara de ocorrer: algures, nesse momento, uma caneta começara a deslizar sobre uma folha de papel, dando assim corpo àquele grito que de há muito, como as esculturas no interior da pedra, se mantinha na expectativa desse simples gesto dum escritor para atingir a realidade. Tapou os ouvidos com as mãos. O grito mais não era que um sinal, mas o que esse sinal lhe transmitia deixava-o aterrado. Acabara de ser posta a funcionar uma engrenagem que a partir de agora nada nem ninguém, e muito menos ele, iria alguma vez poder travar, um mecanismo de que ele próprio iria inapelavelmente ser a maior vítima. Mais tarde ou mais cedo isso teria de se dar, mas agora que, sem qualquer aviso prévio, se soubera propulsado para outra dimensão da sua vida, como se os fios que a governavam tivessem repentinamente mudado de mãos, o facto de há longo tempo o pressentir não o impediu de olhar à sua volta com estranheza, uma estranheza que antes de mais nascia de tudo à primeira vista ter ficado como estava, desafiadoramente incólume, intacto, familiar. A linha do seu destino confundir-se-ia doravante com a que, sabe-se lá onde, uma caneta ia traçando no papel, página após página, mas nada na expressão dos prédios ou nos carros que indiferentemente continuavam a sulcar as ruas parecia indiciar que, dentro ou fora dele, algo se houvesse transformado ao ponto de o seu quotidiano disso se vir a ressentir. Após alguns segundos, retomou a direcção em que seguia, já não correndo mas imprimindo, ainda assim, um certo à-vontade à sua marcha, muito embora desde logo lhe fosse mais ou menos evidente que, a cada um dos seus passos subsequentes à audição do grito, qualquer coisa se inscrevia dentro de si mesmo, um número, uma cifra, uma palavra susceptível de um dia se vir a converter num utensílio graças ao qual também aquele que bem no fundo de si próprio se esforçava por chegar à realidade poderia finalmente abrir caminho, rompendo através da massa do seu sangue e dos seus músculos do mesmo modo que ele através da multidão que o fim da tarde ia entretanto aglomerando nos passeios. Mas em que língua isso seria?

UM PREGO

Cravava cuidadosamente um prego na parede, quando pressentiu que, como água dum cano que se rompesse, o futuro poderia jorrar de súbito na cal, uma substância na aparência cristalina mas em cujo seio as formas do presente se diluiriam todas, como se, com os seus contornos, igualmente se perdesse o seu sentido, e um sol que por um impressionante acidente cronológico se deslocasse, por pouco que fosse, do presente para o futuro, se esvaziasse então no céu, deixando atrás de si uma cicatriz imensa.

NUM DIA DE VERÃO

Quando saiu de casa, o céu estava dum azul vivo. Caminharam algum tempo lado a lado sem trocar palavra. «Juro que não sei de nada» — disse por fim. O outro não respondeu. Talvez por o assunto não lhe interessar ou, mais provavelmente, por, embora não acreditasse no que ouvira, se sentir sem forças para o desmentir. Ou então por nem sequer saber a que é que essas palavras aludiam e achar desnecessário investigá-lo. Talvez até ele, que as proferira, ignorasse o seu significado e as tivesse deixado sair dos lábios para cumprir uma simples função fática, uma forma algo tortuosa e enigmática de reagir ao calor e à luz que os obrigava a avançar de olhos semicerrados. O céu parece acabado de estrear, pensara, surpreendido, ao dar os primeiros passos no exterior. Agora lamentava que não fosse esse mesmo céu a vir-lhe aos lábios em vez daquelas palavras cuja significação, se efectivamente a chegara a conhecer, já entretanto se escapara do seu espírito. Tentou imaginar o céu saído de um écran, talvez duma televisão, mas era evidente que jamais lhe poderia regular a cor, tal como nenhum botão naquele instante lhe permitiria apagar a realidade que através de todos os sentidos o assaltava. Sabia-a, é certo, tão precária como qualquer imagem produzida por um aparelho e, à semelhança desta, imersa numa solução de irrealidade, constituída, em suma, por uma película tão fina que o mínimo gesto — o simples facto de tropeçar ou de colher uma flor — a poderia destruir, deixando assim a ausência infiltrar-se através dela e impregná-la até por completo a dissolver. Sabia que pisava a estrada mas que por trás do asfalto estava o nada, e que portanto o que pisava era o vazio, e que o que via, sentia, cheirava e ouvia naquele dia de verão era, lá bem no fundo, a irrealidade, entre a qual e o seu corpo as sensações formavam um écran tão frágil que ele delas por vezes quase se podia abstrair, tocadas também elas já pelo vazio, como uns quantos sais que ao activarem-lhe os sentidos não dissimulassem a emulsão onde boiavam e de cujo efeito corrosivo começassem a ostentar sinais. E agora que, enredado nestes pensamentos, sentia o céu a trespassá-lo sem clemência e a ganhar algures dentro de si uma realidade que, quando ele o olhava, parecia dissipar-se, não estava certo de que não fosse o aparelho em que alguns momentos antes pensara o propulsor da sua caminhada, programado que estivesse para o controlar até aos mais recônditos recessos do seu espírito.

O OLHO ALGÉBRICO

Trazia nas mãos uma pequena bola que atirava ao ar ou fazia saltar no chão, ou percutir contra as paredes, um zero que, associado a qualquer outro objecto, fosse este um móvel, um tapete ou um adereço, o convertia a ele também num algarismo, um elemento com o qual compunha então um número num plano cada vez mais vasto onde assim tudo acabava por poder perspectivar-se em termos aritméticos. Os mais heterogéneos objectos combinavam-se entre si em melindrosas adições, ávidas multiplicações que tudo pareciam arrastar e consumir, operações que pela forma como o próprio ar nelas entrava nos levavam a pensar que respirassem e onde fatalmente o zero era a entidade soberana — um olho a humanizar o raciocínio, um olho a que a abstracção ia buscar uma expressão quase animal, entranhas que em nenhum outro lugar o pensamento encontraria. A pulsação algébrica do espaço aproximava-o do tempo, o zero ia e vinha e nesse movimento era visível o vazio que ele também significava, a conversão dos dados dos sentidos em conceitos dum rigor gémeo do vidro, e entre eles eram tão estreitas as passagens que quase podíamos tocar no destino com as mãos, as quais contra o que quer que assim tocassem eram então fundas como as trevas.

A CERTA ALTURA

A certa altura deixou de defecar. Tudo o que nele era excremento era expelido para a memória, cujas imagens a breve trecho começaram a ir perdendo consistência, amolecidas algumas delas pela mais variada espécie de dejectos e desprendendo-se de todas, mesmo das de quando era criança, um cheiro de tal modo nauseabundo que o levou a recear lembrar-se fosse do que fosse e a aplicar-se no traçado das fronteiras da memória, para aí erguer um muro que impedisse o alastramento do contágio a outras zonas igualmente vulneráveis do seu espírito. Um dia entrou numa livraria e, folheando ao acaso um dos livros em que o olhar primeiro se deteve, leu: «Vem sempre dar à pele o que a memória carregou...» Fechou-o e fugiu dali, horrorizado.

A CELA

Talvez sempre ali tivesse estado, naquele aposento exíguo, deserto, onde só muito raramente um raio de sol se insinuava pela minúscula abertura, do outro lado da qual se pressentia a convulsiva agitação do mar. Era uma fresta estreita junto ao tecto e que continuamente mudava de volume, como se palpitasse ou a cercasse uma espécie de músculo ou de nervo. À falta de qualquer outra actividade ele entregava-se a exercícios de uma concentração cada vez mais rigorosa, através da qual ia fazendo coincidir essa abertura com os diversos orifícios do seu corpo. Imaginava então, por natural associação de ideias, o recorte do seu coração a pique sobre o mar, que um súbito estrangulamento da memória lhe fazia muitas vezes borbulhar no espírito. Havia imagens que, de quando em quando, lhe subiam em desordem à cabeça, outras onde se diria que ele imbuíra pedaços de algodão que, enfiados nos terminais dos seus sentidos, através deles lhe destilavam esfiapadas sensações na alma. Lembrava-se de um pátio interior, para o qual davam várias portas e ao centro do qual se abria um poço. Não havia outro poço no lugar, pelo que a pessoa a quem ele pertencia detinha todo o poder do povoado. Às vezes aparecia, embiocada de negro, uma mulher que, pelos modos, caminhara ao longo de uma extensíssima muralha cujas raras seteiras se rasgavam na memória, por trás da qual persistia a ininterrupta convulsão do oceano. Era de crer que, para entrar no pátio, não utilizasse nenhuma das portas existentes, mas sim, também aí, uma fresta que ela, sem que ninguém desse por isso, atravessava. Apesar da negridão das suas vestes, tal figura estava intimamente unida à luz, a qual, de cada vez que ela lhe assomava à mente, ele sentia penetrar por todos os buracos do seu corpo, até explodir algures num espaço que essa própria explosão retroactivamente abria dentro dele. Talvez que, se ele tivesse à mão algum objecto cortante, já houvesse perpetrado no peito uma ou outra incisão através da qual o processo se acentuasse até a sua carne por completo se consumir nesse fulgor. Encontrava-se, porém, sujeito à sucessão dos dias e das noites, sem que dessa alternância demonstrasse ter grande consciência, e, no escuro, imaginava a agitada respiração do mar num boca a boca com as trevas, dando assim azo a uma permuta de atributos de que resultava serem elas, e não ele, a rebentar guturalmente ao fundo dos barrancos. Não estava nu, mas nada permitia discernir no que o cingia a mínima característica a partir da qual se pudesse definir qualquer peça de roupa, fosse ela um par de calças, um casaco ou uma camisa. Tratava-se, antes, de uma excrescência do seu corpo, um pano que, desde o útero materno, com ele se tivesse ido desenvolvendo. Dir-se-ia que estivera sempre ali, que nele se abrira uma profundidade idêntica à do poço onde continuava a mergulhar o balde que invariavelmente recolhia a transbordar de imagens, como uma raiz que atravessasse o chão da cela e alcançasse o mar, cujo ruído através dela lhe chegava ao coração. A água que na sua ideia se cosia e descosia em torno das falésias engolfava-se-lhe assim no aposento, era uma água abstracta, meio misturada ainda à treva do seu corpo, onde a minúscula abertura ao rés do tecto mal lhe permitia vislumbrar as variações do céu. A noite e a imagem que ele dela forjara contrapunham-se nos pratos duma única balança.

POÇO E MENTIRA

Nele já não era o nome, mas as sílabas do nome, que adquiriam personalidade própria. Era como se ele fosse um ponto, não, um poço, um poço cardeal, onde a agulha enlouquecia. Três sílabas magnéticas. Três pontos cardeais e um quarto, que não era um ponto mas um poço, ao centro, atulhado de mentiras, das quais, como uma capa, ele costumava passar uma pelos ombros. O poço era ele — poço e mentira. Dinheiro que lhe dessem tinia-lhe na alma, ressoando-lhe através da roupa, no casaco, na camisa, até à aba do chapéu. Vestia-o a impaciência, onde o dinheiro integralmente se sumia, como que tragado, devorado até às últimas reservas. Quem dentro dele se aventurasse asfixiava. Dir-se-ia que alguém, tendo-o esboçado, se esquecera de o acabar: à alma faltava-lhe reboco, ao coração outra demão de tinta. Deslocava-se de uma forma insólita: «alheando-se», como que aproveitando as fendas da realidade e deslizando através delas, de que assim ao mesmo tempo se tornara o habitante e o portador. Havia que cobri-lo às pazadas, disfarçar-lhe as asperezas, as irregularidades, as fissuras por onde o destino persistia em despontar. E quem é que num rosto tão falto de dentes e roído pelas intempéries teria posto olhos dum tão profundo azul? Quantos alqueires de memória, ou de mentira, ele poderia ali armazenar? Que mundos, que universos se abririam por trás deles, a que água iam buscar tal liquidez? Todo ele se embebia na mentira de que o próprio nome era a raiz. Por vezes atingia uma total inexistência.

BORRASCA

Estalara-lhe de tal forma o eu que o próprio nome era uma ferida, através da qual a carne supurava. Das perdidas manhãs de sol da sua infância, de que lhe restavam agora escassos farrapos presos às raízes, libertava-se por vezes um clarão, desesperado apelo em direcção à realidade, rasgando-o dos olhos aos ouvidos.

Quem quer que lhe tivesse concebido os ossos, era então visível o objectivo de os fazer florir. Deles brotaria a pele, o céu, a encenação da glória. Tudo isso mais não eram, entretanto, do que imagens em apuros, imagens atacadas por memórias em conflito com o presente, ou mesmo com o passado onde pareciam radicar, e que, esbeiçando-se nos bordos, davam lugar a que o esquecimento sobre elas actuasse como uma espécie de ácido sulfúrico.

De cada vez que o invadia, a enxurrada da memória ascendia-lhe assim a um tal nível da consciência que os seus próprios ossos, deixando de ser pontos fixos e estáveis aos quais ele se pudesse segurar, vinham, desmantelados, boiar à superfície das águas borrascosas, de mistura com entranhas donde só a alma parecia não se ter desalojado ainda, como que as inflando e conservando à tona entre a gordura e o tumulto das lembranças.

O OUVIDO

O sexo reduzira-se-lhe à roupa, essa roupa que lhe vinha das entranhas e absorvia o céu, sem que mesmo as mais altas nuvens lhe pudessem resistir. Com a manhã estendida sobre os ossos, ia-se-lhe assim a roupa consumindo devagar na combustão do espírito. No mais distante e obscuro ponto do que dentro dele era possível conceber, rompia então um ouvido onde ele não tardou a detectar o tímpano das trevas. A pele, como sabemos, contraíra-lhe o costume de se retrair, aproveitando para o efeito os mais recônditos recessos do seu espírito, a memória, a expectativa, com a qual, na sua retracção, se começou a breve trecho a confundir sob esse ouvido que, em sentido inverso, ia aumentando de volume em sincronia com os brancos da memória, pelos quais ele, logo de manhã, às vezes se embrenhava ao ponto de, por fim, neles se perderem mesmo os alimentos que ao longo do dia ele ia ingurgitando. A memória parecia, aliás, ter mais poder de intervenção nas suas digestões que propriamente os órgãos do aparelho digestivo. Havia ainda os passos que ele por toda a parte ouvia e o impediam de dormir, tímidos passos, surdos, sussurrantes, portadores de uma mensagem que ele em vão tentava decifrar, e as ervas que, de cada vez que ele nelas punha os pés, se lhe enterravam na memória, onde de imediato embranqueciam. Dir-se-ia que os caminhos através dos quais assim se via compelido haviam sido previamente envenenados e que o próprio céu, que sobre as suas digestões se conservava dum azul incólume, acabava, também ele, por nelas se envolver e consumir.

ALIANÇA

Para quem o contemplasse, a primeira sensação era a dum homem que trouxesse a roupa soterrada, mergulhada algures num poço com cujas profundezas o seu corpo tivesse estabelecido inverosímeis relações de conivência. Se alguém lho pedisse, ele poderia tentar trazê-la à superfície, mas a profundidade a que ela se encontrava era de certa forma estrutural, constituindo assim um daqueles raros elementos sem os quais a própria noção de roupa deixa de fazer qualquer sentido, aliás tal como a de nudez, seu indissociável complemento, para cuja conformação no nosso espírito noções como a de abismo acabam por tornar-se indispensáveis. Se o fumo, ou tão-só a ténue neblina que à superfície da pele frequentemente parece comprometer a visibilidade, mais não é sobre ela do que um rastro de emoções e sentimentos, o que outras vezes acontece é nesse espaço mais não vermos que o deserto, uma enormíssima extensão de areia refulgente perturbada aqui e além apenas por um cacto, sob cujas raízes se pressente o surdo esforço dos sentidos abraçando as profundezas. Era dessa insólita aliança dum casaco ou uma camisa com o olfacto ou a visão que a sua personalidade irradiava e, aos olhos de quem o visse a atravessar a rua, ele mais não era então do que essa faixa intercalar dum sonho à beira doutro sonho mais profundo e radical.

O ABISMO

Com sua pele de poço, pele comprometida com o medo que no fundo fede e a que, digamos, toda ela adere de uma forma resoluta, dir-se-ia que se engancha, se pendura, o branco da memória a alastrar pelo corpo, um branco tão branco como o das noites em branco e sobre o qual a idade, exorbitada, hiante, se insinua, pensos, ligaduras, impregnados de memória, uma memória onde fulgura a lava dos sentidos que entram em actividade e lhe disputam os dias idos, assim ergue a balança, onde sustém o abismo.

III

A IMAGEM

O quarto onde poisaram a imagem estava pintado de roxo. De roxo roxo, de carne cianosada. Para além da imagem, poucos eram os objectos existentes no aposento, todos eles anódinos. Mas havia, ainda assim, algo no ar que emanava das profundezas das coisas e arrepanhava para a consciência os sentidos de quem quer que ali entrasse. Pressentia-se algures a presença de um motor que comandasse tudo aquilo, incluindo os olhos da imagem cujo brilho dir-se-ia dimanar do purgatório, aonde a tinham ido buscar. Da janela a que parecia dar acesso a memória que escorria das paredes, talvez pudesse adivinhar-se esse motor, eufórico na mais completa indiferença pela forma como tudo se ia organizando à nossa volta. Víamo-lo através do ouvido — e havia nele algo de clandestino que o levava a furtar-se-nos ao espírito, como se ele, ou o que ele naquele lugar representasse, fosse demasiado volumoso para passar através da abertura entre os sentidos e a consciência. Aquilo a que os olhos da imagem, estacados na penumbra, também davam acesso — aqueles olhos entre chagas abertas como outros tantos olhos através dos quais o sofrimento se tornasse ensurdecedor — criava com a nossa imaginação uma conivência física: foi assim que nos sentimos transportados para a essência mesma daquele roxo, espécie de momento incolor onde o motor se aproximava envolto num lamento que ninguém ousava interpretar. Portadas que naquele compartimento houvessem existido teriam já esquecido há muito aquilo para que as ali tivessem colocado, assimiladas por paredes cujo interior subrepticiamente havia devorado o exterior, ao ponto de este mais não ser do que uns escassos laivos de lembranças dando ao roxo das suas superfícies uma consistência apenas mais pastosa. A vela que alguém tivera a ideia de acender arremessara para os confins das trevas com quase toda a imagem, da qual só algumas das extremidades mais proeminentes — dois ou três dedos espetados, uma prega de qualquer das complicadas vestes que a cingiam — sobressaíam, como que suspensas no limiar do mundo visível, comparáveis a sinais que ninguém soubesse decifrar. Um rio transbordara-lhe das chagas e molhara-nos de súbito os sentidos, por onde o roxo das paredes avançava aos arrancos, escorrências que nos desciam através da carne, grande parte da qual as absorvia antes de elas nos poderem atingir o coração. Que alguém as dispersasse, ainda se admitia. Mas que com tanta determinação nos impregnassem a vontade, eis o que ninguém estava disposto a tolerar, razão por que, a dado passo, perdemos a imagem de vista, de uma forma na aparência tão definitiva que demos connosco a tentar desbastar o presente com mãos ávidas, capazes de arrancar trevas ao ar, mesmo que fossem de cimento e os dedos todos se gastassem contra a sua superfície. Tinha de por ali haver uma estrada que levasse ao mar, que no seu halo matinal nos envolvesse, entre neblinas e fragrâncias, dessas que, até quando o escuro se apodera das raízes, continuam sempre a verdejar. O roxo, porém, mantinha-se implacável, tendo-se assenhoreado já de quase todo um espelho com que, nas nossas entranhas, qualquer coisa acabara por também criar secretas relações de conivência. Entranhas sem alternativa, submetidas àqueles olhos de carnal beatitude a que apenas as chagas empanavam levemente o brilho, como outros tantos olhos mais próximos da alma ou do que dela ressumava agora das paredes. O balde de que algures um poeta fala recolhia algumas dessas escorrências, com as quais era de crer que, se acaso o balde regressasse a um texto desse poeta, o impregnaria de uma tal violência que a partir daí o roxo se lhe colaria ao nome com mais força do que ao manto do senhor dos passos. Com a primeira luz da madrugada, iam contudo sendo cada vez mais improváveis as visitas. Luz que a breve trecho rivalizaria com a da vela, de que entretanto as chagas se haviam imperceptivelmente apropriado, difundindo um clarão espasmódico, prestes a extinguir-se. A própria luz da madrugada acabaria por brilhar através delas, luz mais próxima do pus do que do sangue, dos pulmões do que do espírito, um só sopro que fosse, dispersando as trevas.

OS COMEDORES DE ESPAÇO

O terror instalara-se na região com a chegada dos comedores de espaço. Os habitantes olhavam atónitos o espaço a desaparecer a toda a sua volta, incluindo casas, ruas, rios, árvores. Nada indicava que atrás deles não surgissem criadores de espaço capazes de repor as coisas nos devidos lugares ou que os próprios comedores não pudessem vomitar tudo o que haviam devorado. Mas mesmo nesta circunstância o mais provável era que o espaço, transformado entretanto nas entranhas de quem o deglutira, pouco tivesse já a ver com o que os habitantes haviam conhecido, nele se misturando coisas que os comedores trouxessem na memória e que decerto lhe viriam agarradas quando violentamente o expelissem. Tornou-se habitual pessoas que estavam sentadas a comer em casa ou em algum dos cafés do povoado verem de súbito a mesa sumir-se diante delas, sem que em seu lugar ficasse sequer o que, à falta doutro termo, pudessem denominar vazio.

Embora a voracidade dos comedores se confinasse ao mundo inanimado, não havendo notícia de que qualquer dos habitantes ou mesmo um animal tivesse sido objecto da sua bulimia, alguém de repente se queixou de que lhe andavam a comer pedaços de alma. A pessoa sentia-se, por assim dizer, diminuída e, embora no imediato ninguém pudesse apontar-lhe a mais pequena alteração no aspecto físico ou nos modos, a breve trecho aquela inexistência começou a acentuar-se, ao ponto de, ao cabo de algum tempo, o pouco de alma que ainda lhe restava já nem dar para cumprir as mais elementares funções vitais.

Apressaram-se então os vizinhos a averiguar até que ponto a realidade lhe subia na consciência, sujeitando-a a exames que momentaneamente distraíram a população do espaço circundante, do qual, quando deram por ela, mais uma grande parte se extinguira, desta feita com uma boa porção de sol, de que as pessoas assim se viram expropriadas de uma forma que deu azo às mais variadas conjecturas. Houve quem aventasse que a luz constituía um apreciável condimento, do qual os comedores de espaço, agora que o haviam descoberto, não iriam com certeza voltar a prescindir — e efectivamente de dia para dia o sol foi escasseando à mesma velocidade a que, no leito donde já não ousava levantar-se, a criatura que por alguns instantes concentrara as atenções da vizinhança se sentia desalmar-se a olhos vistos.

Isto obviamente dava que pensar ao cada vez menor número de pessoas ainda activas e cujo quotidiano, no desfalcado território a que as suas vidas se iam reduzindo, por completo se alterara. Com efeito, dir-se-ia que, indispostos com a insipidez daquela região, os comedores de espaço haviam decidido não se ater ao sol nas suas fantasias gastronómicas, aventurando-se, por natural associação de ideias, a provar as trevas, com as quais era de crer terem excitado o paladar, pois em breve também elas começaram a rarear em proporções equivalentes às do sol. Não tardou, assim, que as pessoas se encontrassem privadas simultaneamente de luz e de trevas, o que lhes fez exorbitar os olhos com enorme prejuízo do que até então haviam sido os seus padrões estéticos.

Os mais afoitos e optimistas asseguravam, contudo, que trevas havia à farta nos poços, bastando, para achá-las, escavar o rarefeito território que ainda lhes restava, e que, quando até aí elas se exaurissem, lhes sobrariam as que cada homem traz dentro de si. A aposta, como é bom de ver, era arriscada, tanto mais que, espoliados como estavam do seu espaço circundante, nenhum dos habitantes se atrevia a encarar a hipótese de recorrer ao que lhe sobejasse nas entranhas, muito menos para o transformar num bem comum. Alguém — se é que a ideia não lhes veio ao mesmo tempo a todos, tal sendo a impressão com que a seguir ficaram — sugeriu então que as tentassem ir buscar à criatura que no início se queixara, na certeza de que, perdidas as esperanças de ela vir a melhorar, em nada a afectaria que a tomassem por cobaia.

A ideia, tão «brilhante» e «luminosa» que logo houve quem achasse poder ela, por si só, fazê-los reaver, já não as trevas, mas a própria luz de que primeiro haviam sido despojados, acabou, no entanto, por produzir um resultado muito diferente do previsto. Insinuando-se nos cérebros de todos com igual intensidade e sobrepondo-se ao que neles houvesse de excrescente, arremeteu, como raízes que instantaneamente aí proliferassem, contra o que os pudesse separar, fundindo-os assim numa substância única, homogénea e a partir da qual as sensações de cada um se propagavam através de todos os restantes.

Atrás dos cérebros foi a vez dos olhos e os ouvidos, a muito curto prazo reduzidos a um só par de que todas as pessoas se serviam, incapazes já de destrinçar as suas próprias percepções das dos vizinhos que as cercassem. Quem de fora as contemplasse era levado a imaginar que a consciência as devorara ao ponto de, por fim, só ela lhes ficar à mostra — uma consciência onde as pessoas se atolavam, desprovidas do que quer que as distinguisse umas das outras — ou então que as vomitava dum qualquer lugar oculto no seu âmago.

Na cama onde entretanto continuava a definhar, sem que, de resto, lhe prestassem já grande atenção, apenas a que primeiro se queixara parecia imune a esta nova adversidade. Talvez por o pouco de alma de que ainda dispusesse não ter já profundidade a que as raízes se agarrassem, mas mais provavelmente por, sendo ela a programada vítima da ideia, esta não ter sequer chegado aos seus ouvidos.

O facto não deixou, contudo, de a tornar suspeita aos dois únicos olhos dos mais próximos parentes e vizinhos, dos quais por isso se voltou a converter em pólo de atracção. O aspecto que ela agora apresentava em tudo divergia do que outrora fora o seu. O corpo começara a ocupar o espaço que a alma ia deixando devoluto e adquirira, assim, uma forma inesperada e algo perturbante. Dir-se-ia, exposto no lençol, às vezes uma enorme pálpebra ou gengiva entre alguns dentes e cabelos, outras uma entranha de tal modo reluzente que, sem qualquer hesitação, todos concluíram ter sido ela a assimilar o sol, de que, aliás, já muito poucos conservavam mais do que uma vaga imagem na lembrança.

CREPÚSCULO

«Percebes?» disse ela, «sinto-me capaz de comer estas paredes, só para tas cuspir na cara!» Ele olhou-a, desconcertado, e, esticando o pescoço, contemplou-lhe os dentes. O quê! Aqueles dentes, capazes de triturar tijolo, gesso, cal, cimento? Ficaria desdentada! Não se atreveu a dizer-lho. Sabia que, se o fizesse, aí é que ela explodiria. Ela entretanto continuava: «Eu queria era que o diabo te levasse e nunca mais te pôr a vista em cima!» Os impropérios choviam. Sentia-se-lhe a voz a arder desde as entranhas. As próprias paredes (efeito do crepúsculo, naturalmente) ruborizavam. Aquela boca, que, apesar do que afirmava, jamais seria capaz de as deglutir, sabia pelo menos como embaraçá-las, disso não havia a menor dúvida. Agnelo, tocado pela consciência dum tal facto num ponto recuado do seu espírito, levantou-se para baixar a persiana. O aposento foi invadido por uma treva adocicada. Ela calara-se, como que exausta, desgrenhada até à raiz da alma. Dir-se-ia que as palavras se lhe formavam ainda na garganta mas já sem forças para chegar aos lábios. A porta estava morta e em todos os objectos da sala havia algo de enfermiço e combalido que lhe exaurira as últimas energias. As trevas engolfavam-se-lhe através da boca e dos ouvidos. Mesmo lá fora era como se, a partir de dada altura, um pincel invisível tivesse começado a passar sucessivas camadas de tinta preta sobre as folhas das palmeiras: tudo o que ainda há pouco era dum verde acerado enegrecia velozmente. Pelos orifícios do estore sentia-se o ofegar da luz, que vinha expirar ao parapeito da janela. Mais longe, corria o rio, e por trás dele havia o mar, ambos dum azul agora só visível na memória, um mar e um rio de contar pelos dedos (mentalmente, ele contou: um, dois, três...). De súbito, ela empertigou-se: «Tu sabias que eu odiava esta casa e que me queria ir embora e obrigaste-me a ficar!» Ele, semicerrando as pálpebras, reviu a luz prateada com que deparara ao caminhar pela berma da estrada, alguns dias atrás. Uns momentos de trégua, antes de o asfalto lhe subir ao coração. Ela arrotou. O que comera ao meio-dia encostou-se-lhe à memória, como a única coisa a que naquele momento ainda pudesse ir buscar alguma claridade. Vira nessa manhã um abutre poisado sobre o lavatório. Por causa disso, esquecera-se da cafeteira ao lume, tendo-a depois encontrado já quase vazia e o vidro da janela todo embaciado. Será também assim o pensamento, perguntou para si própria: algo volátil, capaz de embaciar um vidro? Fechou com força os olhos para que o olhar lhe descesse pelo interior do corpo até ao sexo, essa ranhura a que cinquenta e três anos haviam dado um trejeito amargo. Quando por fim os voltou a abrir, verificou que Agnelo abandonara a sala.

IV

FINAL

Não foi sem dificuldades que este livro rompeu através dos interstícios do mundo até chegar às tuas mãos, leitor, para aí, como um deserto a abrir noutro deserto, criar uma irradiação simbólica, magnética, onde o branco do papel e o negro das palavras, essas cores que segundo Borges se odeiam, pudessem fundir-se e converter-se nessa outra a que, na enigmática expressão de Sá-Carneiro, a saudade se trava. Como um desses objectos cujo peso, assim que neles pegamos, instantaneamente se divide entre as nossas mãos e a alma, é mesmo de crer que ele esteja já dentro de ti — e algo de mim com ele. Acolhe-o, pois, com benevolência, que, chegada a altura, havemos de arder juntos.

DISPERSOS

O OLHAR DO PEIXE

A aproximou-se da esplanada onde combinara encontrar-se com B. Este já lá se encontrava, a rabiscar num pequeno bloco de notas, donde mal levantou os olhos para cumprimentar o amigo, limitando--se a indicar-lhe, com um breve[1] sinal de sobrancelhas e sem pronunciar qualquer palavra, que se sentasse à sua frente. As mesas estavam muito chegadas umas às outras e a que se encostava mesmo à sua encontrava-se ocupada por um rapaz e uma rapariga que tomavam dois batidos. Na realidade, B tinha um dos olhos no bloco e o outro no rapaz, um mocetão duns vinte anos, bastante moreno, de ténis e t-shirt pretos, jeans, um fio de ouro sobre o decote da t-shirt, óculos de lentes redondas e aros negros. O cabelo, bastante curto dos lados e atrás, tinha uma poupa com gel, de onde, em estudada displicência, alguns cabelos caíam sobre a testa. A conversa deles (na realidade era quase só ele que falava) era muito aborrecida — sobre o tempo, amigos a casa de quem tinham ido, discotecas que abriam ou fechavam, etc. Ele repetia vários bordões («je te jure», «c'est normal», etc.). Sem ser corpulento, era um rapaz bem constituído, entroncado, prenunciando através de algumas das partes-fetiche[2] do seu corpo (os dedos, o pescoço, o nariz), ocultas partes igualmente abastadas.

Um desses dias fora ao teatro ver um espectáculo onde dois anjos se limitavam, durante duas horas, a atravessar o palco em ambos os sentidos, carregando às costas com enormes peças de carne de tamanho humano.[3] A operação não se revelava nada fácil, sobretudo por causa das asas, que não deixavam grande espaço para apoiar a carne, e houve momentos em que eles pareciam derreados sob um peso que, ultrapassando o dos objectos transportados, fosse já o do mundo, o dos pecados, o de algo que tivesse a ver com a metafísica. Tratar-se-ia de anjos caídos? «É carne da lembrança» — segredou-lhe o espectador sentado à sua esquerda. Voltou-se, surpreendido, mas o homem já se voltara a endireitar e fitava, muito sério, o palco, como se nada tivesse dito. Da lembrança? Dir-se-ia antes que era o paraíso que se estava a desfazer.

B reabriu os olhos.[4] O rapaz e a rapariga que ele se entretivera a apreciar haviam entretanto sido substituídos, nos mesmos lugares, por um casal de velhos. Sentiu como que um choque, era como se os jovens de há momentos tivessem envelhecido cinquenta anos. Teria ele próprio, igualmente, envelhecido? Levou instintivamente as mãos ao rosto, preparado para as sentir perderem-se num labirinto de rugas. À sua frente, A prosseguia nervosamente a sua narração. Na incessante torrente de palavras que lhe saía da boca, algumas, recorrentes, adquiriam contornos mais nítidos, emergindo a espaços do conjunto das restantes, como a cabeça de um nadador que, prestes a afogar-se, viesse intermitentemente à superfície, antes de por fim as águas o engolirem: privacidade, solidão, serenidade, casamento. O nó da questão, de tanto quanto B distraidamente ia podendo aperceber-se, estava na dificuldade de satisfazer a necessidade de não estar sozinho sem para tal ter de renunciar a uma total privacidade. Cinquenta anos. Há cinquenta anos que ele para ali estava a debitar o seu desgosto, passa-se meio século e os sentimentos continuam a ser os mesmos, nada do que é verdadeiramente essencial se altera em meio século. Talvez esta reflexão desse matéria para uma história. Andava sempre à cata de histórias,[5] tinha mais de meia-dúzia começadas, frente às quais, nos momentos (raros) de maior optimismo, se sentia como um campeão de xadrez, numa partida simultânea, frente a uma dezena de tabuleiros. Talvez acabasse por descobrir nexos entre elas e pudesse estabelecer assim uma rede susceptível de as poder ligar profundamente[6] umas às outras como as heteróclitas parcelas dum único universo. O amigo, vendo-o rabiscar no bloco algumas frases apressadas, interrompeu-se para exclamar: «Oh, como eu gostaria de ser como tu, poder escrever, há dentro de mim coisas demasiado soltas e que a escrita decerto ajudaria a atarrachar.»[7] B levantou os olhos para ele. Não — pensou, fechando o bloco de notas.

Mas não, com aquele drama amoroso ele não poderia fazer nada, nem com o rapaz do fio de ouro, nem com o estrangeiro de shorts e câmara de vídeo. Quando muito com os anjos, cujas asas eram tão descomunais que, de cada vez que lhas abriam na memória, a obscureciam quase totalmente.[8]

Fechou o bloco, mas deixou que as frases que nele apontara seguissem livre curso no seu espírito.

Kitsch tentacular, aborto no que escrevia, «esboço» como os desenhadores, caricaturista, música andina.

UM CÉU DE FUNCIONÁRIOS

Apetecia-lhe escarrar a alma contra o pára-brisas, para que esse escarro ficasse a boiar na solidão, a fazer corpo com ela, e aí se diluíssem os traços fisionómicos de todos os transeuntes. «Uma aberta», implorou mentalmente, «uma aberta», como se as nuvens lhe entrassem na garganta e a névoa o sufocasse. Ao aguardar vez para entrar num dos grandes eixos da cidade o aroma pisado a ervas trouxe-lhe dum tímido canteiro o primeiro sinal da primavera. Aspirou-o como se o esgotasse, como se tudo o que naquelas ervas houvesse de fragrância dentro de si pudesse fazer corpo com os olhos, os ouvidos e o palato. «Consubstanciação»,[1] pensou, «transubstanciação». Subitamente sucederam-se parkings, estações de serviço, anúncios de escritórios, versicherung,[2] na própria treva que os portais bolçavam havia algo de estagnado, amarelado, a luz seguia algures o seu percurso, sentia a vida nos escapes dos camiões como se ao meterem as mudanças os condutores metessem outra realidade, era pelo menos essa a sensação que dava quando ouvidos na distância. Num carro ao lado beijavam-se dois heterossexuais aproveitando mais uma paragem forçada, semáforo ou novo engarrafamento. O que do almoço lhe restava na lembrança era mais real do que o que dele trazia no estômago, rua após rua, esquinas, travessas sucedendo-se às avenidas, gruas subitamente hieráticas, totémicas, um escarro, a luz tornando a solidão tangível, luz onde as janelas se rasgam como coisas vivas, como se por trás delas houvesse água, poços onde a treva fermentasse, de uma janela aberta chegaram-lhe aos ouvidos duas ou três notas de um piano, duas ou três notas musicais onde uma vida inteira se poderia cifrar, bastaria que para tanto se encontrasse uma forma, um estilo (diria o poeta), algo que nos seus moldes contivesse o esparramar da vida.[3] Ia chegar atrasado,[4] disso não havia a menor dúvida.

Como se algures, num piano que ele apenas intuía, a luz rodopiasse velozmente, sorvida por um invisível ralo que ele trouxesse dentro do seu espírito.

Um céu de funcionários.

UM GESTO

«Que cansativa que a polícia é!» suspirou Matilde, fechando a janela. Depois, sorrindo do seu próprio comentário, deu dois passos no aposento e relanceou os olhos pelo espelho, que a penumbra como que apagara. Foi aí que se lembrou de uma mulher que vira três ou quatro dias antes, ao volante de um carro que parara junto ao seu, esperando que o sinal abrisse. Aproveitando aqueles breves momentos, a mulher mirara-se no retrovisor e, depois de levar um dedo aos lábios e o molhar com a língua, passara-o pelas sobrancelhas. Matilde puxou uma cadeira para o centro da sala e sentou-se, sem conseguir deixar de pensar naquele gesto, à luz do qual todos os móveis que a cercavam pareciam ganhar raízes no seu espírito. São gestos assim que encorpam a vida, que lhe dão espessura, pensou ela. Tinha a certeza de que, enquanto se lembrasse daquele gesto e da mulher que o executara, o instante em que o captara continuaria a existir, tal como ela naquele preciso momento existia ali, naquela sala, deliberadamente alheada do aparato policial montado nas ruas adjacentes, devido a uma qualquer concentração perfeitamente inócua e que só no caso de nas próximas horas nada haver no mundo digno de atenção mereceria umas escassas linhas nos jornais do dia imediato. Que peso teria aquela manifestação em comparação com o gesto da mulher que passara o dedo, molhado de cuspo, pelas sobrancelhas? Saberiam aqueles homens armados até aos dentes e distribuindo barreiras de arame farpado ao longo da avenida que o que eles supunham ser «este momento» amanhã já não teria existido? As feições da mulher haviam começado, é certo, a diluir-se-lhe na memória, onde, de resto, o automóvel em que ela se encontrava e mesmo o seu cabelo já não tinham qualquer cor. Talvez esses pormenores funcionassem como catalisadores e contribuíssem para que o instante em que Matilde a entrevira através dos vidros dos dois carros se perpetuasse para além da sua contingência. Mas não. Matilde estava certa de que isso pouco importaria. Fosse a mulher loira ou morena, gorda ou magra, o que na realidade havia de marcante é que levara um dedo à boca e às sobrancelhas e que, sem disso poder ter tido consciência, colocara assim, ali, um travão no tempo, dando consistência a qualquer coisa sobre a qual os nossos gestos normalmente não produzem mais efeito que os de quem se industriasse a desenhar cruzes na água.[1]

RIOS

Aqui, onde o vemos
correr, o rio mais não é que uma cortina, por trás
da qual corre outro rio. O
que no primeiro se reflecte
no outro transfigura-se.

Desprende-se o primeiro
do plano a que os sentidos o
mantêm agarrado, para assim
melhor entrar na alma, de cuja
incerta superfície faz as margens.
Dito isto doutra forma: assenta-nos
as margens na aspereza
da alma, a cujas reentrâncias
(já o dizia o Pessoa) o sol não chega.

Mas nem ele é preciso. Uma só vela
nas trevas basta
para que o rio se ilumine
desde a foz à nascente.

É esse rio, idêntico a uma porta
que existe só por dentro e que por fora
foi já toda comida pelas trevas, que
nos serve de metáfora do tempo
(só o outro é literal)
e, tal como nas trevas — onde as ervas
e as flores são invisíveis —
o aroma verdeja, assim

o tempo, escoando-se, adquire
a cor da erva: e ontem, hoje
e amanhã mais
não são do que outros tantos tons de verde que
bovinamente a alma saboreia.[1]

Há uma espécie de asma mental, em que sufoco.

Começa-se-me a formar no espírito uma papa semelhante à que diz sentir no estômago quem sofre do aparelho digestivo: as ideias incham, há canais do pensamento que se entopem, a circulação do raciocínio deixa de se dar, ou passa-se a fazer por vias diferentes.

É provavelmente o facto de eu me sentir sem ideias, ou com elas em nó, completamente emaranhadas, o que me leva a refugiar na convicção de que a métrica é o bastante para redimir qualquer enunciado.

Receio entretanto é que também na vida, e não já só na escrita, os decassílabos se me comecem a impor, obrigando-me a tentar ajustar todo o meu comportamento a formas preexistentes, e levando-me a sentir em falta, constrangido, sempre que as não consiga respeitar.

A memória é um espesso líquido de imagens, onde, mesmo que dele desapareça uma, as outras voltam a fechar-se sobre o espaço que por ela era ocupado, mantendo entre si uma harmonia que nos faz passar despercebida a ausência das que desapareceram e, simultaneamente, altera a percepção global que delas temos.

Pressentindo as saudades que vou ter de Oxford, ou da imagem que desta cidade o facto de já cá não me encontrar vai construir, procuro — tentando imaginar o que essa imagem possa vir a ser — fazê-la coincidir com o que, atravessando as suas ruas, agora se oferece à minha percepção. Mas não consigo.

As palavras, as frases, as imagens, tudo aquilo com que supomos poder vir a escrever um texto que dê conta do que nos atravanca o espírito, assemelham-se a alimentos que, extraídos do espaço onde se conservavam e expostos ao ar, rapidamente se deterioram, tornando-se indigestos.

Uma das razões por que não escrevo um diário, ou algo que a tal se assemelhasse, é a consciência de que nele acabaria por não registar senão uma muito ínfima parte do que me vai no espírito, a qual, isolada assim de todo o tecido que lhe confere significado, surgiria, aos olhos de quem da terra inteira procurasse uma visão global, como uma lupa assente sobre uns parcos grãos de areia.

É possível que, sem que o saibamos, tenhamos estado mortos grande parte da nossa vida. Terei eu vivido desde que nasci? Apavorando-me a morte, aceitaria eu, a troco dela, reviver grande parte dos momentos passados?

Não há objetos mortos. De todos os objectos, sejam eles quais forem, irradia uma força que, quando muito, poderá estar adormecida, cabendo-nos a nós reactivá-la. A nossa qualidade enquanto poetas mede-se precisamente pelo maior ou menor sucesso nessa empresa.

De cada vez que uma coisa é suprimida da memória, as que nela permanecem unem-se de novo, como as águas sobre o sítio onde qualquer volume se afundou; mas o que nisto há de impressionante é que as coisas que ficam fazem entre si sentido, dispensando por completo as que se somem, embora seja um sentido novo, diferente, que não existia enquanto o elemento suprimido se situava entre elas.

A minha memória é composta de folhas sobrepostas, por qualquer das quais, se se rasgasse, o que nas outras se encontra irromperia.

Noto que estou quase a adormecer, que vou a caminho do sono (e o facto de notá-lo é o suficiente, muitas vezes, para dele de novo me afastar), quando me apercebo de que às imagens que se me formam na mente já não está subjacente o que por ora chamarei sentido. Sinto que elas como que se descolaram dele, encontrando-se por isso muito mais leves (donde há que concluir que o sentido é pesado). Não é que esse sentido não exista: dir-se-ia apenas que o que habitualmente surge como um todo (a imagem e o seu sentido, ou a imagem como sentido) nestas circunstâncias se cinde, ganhando diferentes velocidades. As imagens passam então a estar para o plano do sentido como as aves em pleno voo estão para o da terra, onde não é forçoso as suas sombras projetarem-se de forma vertical. E é porque nos estados de vigília não somos capazes de conceber essa cisão, que muito do que compõe os nossos sonhos se furta ao espírito desperto, para o qual nem sequer chega a ter qualquer tipo de existência.

Às vezes, para me reconciliar com Oxford — este espaço onde nunca fui capaz de me sentir em pleno (e é provavelmente essa lateralidade o que mais me tem incomodado) —, procuro imaginar o que desta cidade terei no espírito quando de vez dela tiver partido. Como é que eu posso não me sentir bem num sítio de que sei que vou sentir a falta?

À medida que a minha escrita avança, vai-se gerando nela uma força negativa, bloqueadora, como se aquilo que me impossibilita de escrever nascesse das próprias palavras que entretanto comecei a registar.

Para falar da pintura, servimo-nos da música, e vice-versa, porque só o recurso a artes de outra natureza nos permite falar de alguma delas sem esbarrar no puramente descritivo. Falar do que num objecto nos toca é impossível sem implicar no que dizemos aquilo em que ele toca — o nosso espírito. E é porque nesse espaço se confundem as diversas forças que deles irradiam, que somos obrigados a recorrer a outros para dessas forças darmos conta.

O que na arte, nomeadamente na escrita, nos perturba e aturde é sentirmo-nos envolvidos por uma multiplicidade de planos que se furtam a uma forma volumétrica. Encontrar um termo por que os pudéssemos conjuntamente designar — falar da escrita ou do espaço para o interior do qual a sua força nos arrasta — equivaleria a libertarmo-nos da sua força, na medida em que, ao recorrermos à figura do poliedro, estávamos a racionalizá-la e, como tal, a termos dela uma visão apenas exterior (esse será o objectivo de qualquer discurso científico). A escrita é aquela coisa no interior da qual se gera aquilo que não cabe em qualquer dos conceitos que, no intuito de a capturar, possamos sucessivamente, e ainda que de forma cada vez mais abrangente, ir inventando.

A dificuldade está em manter, fora do espírito, na página, a velocidade, o ritmo, a temperatura a que as imagens estão no espírito.

Devíamos chegar aos sítios que habitámos naquele preciso instante em que de vez nos separamos deles. Só nessa altura temos a percepção do que nele nos escapou, daquilo a que a nossa estadia poderia ter ido buscar a plenitude.

São diferentes os cheiros quando os percepcionamos perto da água ou numa altura em que de qualquer forma a água está no nosso espírito. É outro o cheiro da comida que sai das casas quando por elas passamos no regresso das praias, outro o cheiro das ervas quando crescem junto aos rios. De tal forma esses cheiros então se nos impõem que quase diríamos não sermos nós, mas sim a própria água, o que, servindo-se do nosso olfacto, dentro de nós nesse momento os percepciona.

A razão por que um ruído longínquo ouvido durante a noite, tal como o dum camião, o dum comboio, dum barco ou uma motorizada, ou mesmo o ladrar dum cão — qualquer deles conferindo à lisa superfície do escuro uma terceira dimensão —, a razão por que eles, na nitidez com que se recortam no silêncio (que faz corpo com a escuridão), nos fazem estremecer, é que, havendo uma equivalência entre o espaço e o tempo, na lonjura de que vêm parecem desprender-se de tempos imemoriais e fazer-nos tomar consciência duma distância interior, duma profundidade, que não espera senão por sinais disso para se revelar.

Fazendo a casa e a cidade (a Figueira da Foz, por exemplo) parte do nosso sangue, tal como a linguagem de que esses lugares se tornam avatares, o que me acontece ao ver-me nelas é sentir que estou a habitar o meu próprio sangue.

Sendo a vida uma fita a duas dimensões, o que por vezes parece acontecer é que ela ganha relevo, adquire uma terceira dimensão (insolitamente conciliável com o carácter de autocolante da referida fita), parecendo então que o filme e o nosso espírito partilham a mesma sensibilidade, que a cidade nos mete as ruas pelo espírito.

A metáfora, para ser exacta, tem de irromper do mesmo espaço de que irrompem os termos literais. Só quando com as raízes destes as suas se misturam vale a pena aproveitá-la, pois só então a sua luz se espalha sobre a página e a tudo o resto confere um rigor novo.

Em determinadas circunstâncias — muitas delas provenientes do cansaço — as imagens tornam-se cada vez menos espessas, mais delgadas, passando a ser possível através dumas ver as outras.

Farrapos de memórias que, transportados pelo vento, progressivamente se vão esgarçando nos galhos do esquecimento.

O céu que o passado aos poucos vai compondo dentro de nós, onde cada lembrança é um astro, uma concentração de luz, e onde todas as estrelas, embora as saibamos a distâncias diferentes e de grandezas diferentes, nos parecem estar à mesma distância.

Um dia apercebi-me de que a cidade é uma linguagem, tão difícil de entender para um turista como a língua que nela é falada, se a não tiver aprendido. Noutra altura, descobri que a cidade era o nosso sangue. De idêntica assimilação já antes me apercebera, ao comparar ao sangue a linguagem. Vi então que a primeira identificação se confirmava, uma vez que qualquer dos elementos então em jogo (a cidade e a linguagem) podia comparar-se ao sangue.

Nos dias encobertos, o sol está sepultado. É curioso que, sabendo-o aéreo, suspenso no espaço e reinando muito para além do que com os olhos alcançamos, sintamos a necessidade de o meter na terra, de enterrá-lo, para exprimir a sensação que então nos toma.

Frequentemente ao olhar uma paisagem tenho a plena consciência de que a estou a ver em português e de que, se outra fosse a minha língua, seria igualmente outra a paisagem que eu veria. À pergunta que é comum ouvirmos «em que língua pensas?» deveria, nesta perspectiva, sobrepor-se esta outra: «em que língua vês?»

INÉDITOS

O LIVRO DE SAMUEL

Paredes de um branco meio entrincheirado no sono, gastas pelo sonho de quem exaustivamente as sonhasse. Ali, no meio da avenida, frente ao mar, por trás da oscilação da tabuleta, a que é que elas se ligavam?[1] Sim, que amálgama formavam para que a corrente passasse através delas, e o mundo, e elas pudessem, por breves instantes que fosse, ser as paredes do mundo? Paredes encravadas na realidade a que o seu estado de espírito emprestava a configuração de unhas.[2] Caminhara ao longo da avenida, passara o café, a padaria, a farmácia, paredes através das quais a manhã inchava, que as janelas invertiam, e ele via-se a andar noutras realidades, noutros planos, a caminho do porto. Hangares desafectados, ruínas, guindastes. A realidade erguia-se em bloco à sua frente, dura, entre a manhã que não cessava de expandir-se e frascos cheios de raízes, tijolos, latas. Sentia o desvio da manhã a meter-lhe as patas nas entranhas, e a função, crescente ali no espaço, do mar com que, de tanto quanto Samuel pudera aperceber-se, já ninguém ali podia, porque os privava dos sonhos. Noites a fio engolidas pelo mar, só água em vez de sonho, nos olhos, nos ouvidos, na curta-metragem que era a vida de cada um.[3]

Sentia tudo aquilo com a língua, a língua era de súbito um sentido suplementar que aglutinava todos os outros,[4] os quais se retraíam para dar lugar exclusivamente àquele, com o qual as coisas em redor faziam corpo, como se também elas próprias fossem um sentido, e ele as visse através umas das outras,[5] entre si, na perspectiva de cada uma, e a sua sensorialidade assim se exacerbasse, via o mar visto pelas rochas, do pétreo ponto de vista das rochas,[6] e as rochas como se fosse o mar, do ponto de vista líquido do mar. E não só via, mas ouvia e saboreava,[7] e não só o mar e as rochas, mas todos os objectos em redor, as árvores, as casas, o farol, tudo isso absorvido pela língua, onde o sentido da paisagem como que ia e vinha dentro dela, à semelhança das marés, acompanhado nesse vaivém por um acréscimo de intensidade, uma luz que do interior de cada um dos objectos de súbito emanava e iluminava todos os restantes como a do farol, a que o farol lhe ia extrair ao fundo da memória para alumiar cada um dos seus gestos, e Samuel, sentindo o mar apunhalado, a ferida que nele a roda abria, caminhava ao longo das paredes, paredes únicas, ali, paredes cuja singularidade extravasava como tinta que delas ressumasse, ou água, água onde os próprios barcos se tivessem afundado, água de incêndio.

Mulheres passam na rua com as imagens invertidas, vultos que vacilam como que surgidos, também eles, do fundo da memória, imbuídos de um desgaste que lhes escamoteia as feições e as próprias vestes, presas ainda ao fundo da memória, aos pregos da memória, a paredes meias com o esquecimento, o qual já nelas entrara, e as roera. Seguem a chama que corre entre a carne e o espírito, o desligar do tempo sobre o espírito, o desligar do espírito. As pessoas vinham e sentavam-se, conversavam com ele,[8] das suas vidas, das suas ambições, a paisagem estendia-se através do que diziam, a cada um sua paisagem, seu sentido.

A língua era excitada pelo que ouvia, a língua ouvia, dessacralizava velozmente o que a excitava, fazia de janela, uma janela, a daquele quarto onde ele agora residia. A língua desligava-os e voltava-os a ligar, como que as[9] recozia, sentia-se-lhes o sabor a ascender no paladar, um sabor quase visão, que lhe ascendia aos olhos, à chama que lhes corre ao rés do espírito.

Aos copos sobre a mesa, que tanto podiam estar naquela como em qualquer outra a que ele já se tivesse sentado, ou se viesse a sentar ainda, chegava o frémito do sol, sol com cerveja, ou aguardente, e o copo era contíguo ao tempo,[10] e ele ao sorvê-lo recuava no tempo, ao chegar ao fundo do copo chegava às raízes, com quem quer que viesse ali sentar-se o processo era sempre o mesmo, as pessoas começavam a falar, a conversar, a abrir-se em confidências, as raízes ficavam-lhes à mostra, fora assim com Tarsila, com Virgínia, com Matilde, era difícil suturar-lhes as palavras, a memória a cuja luz tudo de súbito ali ficava exposto, o sol invertia-se, brotava-lhes de dentro, esborratava-lhes as formas, os contornos.

Uma vara de porcos que passasse, grunhindo até ao infinito, entranhas abertas para o infinito, um coro de anjos: porcos a que fizessem o funeral,[11] e que de dentro dos caixões resplandecessem já desse intercâmbio com a eternidade: ali, ao fundo da esplanada, ali, «desfactualizado», entre o pássaro e o peixe, tudo isso lhe emprestava um novo ritmo, um ritmo em sincronia com o do sangue, onde as vozes ascendiam esverdeando-lhe os ouvidos,[12] vozes semelhantes à de quem, sob uma árvore, chamasse pelas folhas, no meio da esplanada, frente a um mar cujas ondas se enrolavam na memória, [13] ondas memória salpicando-lhe os sentidos, através dos quais ele continuava a abrir caminho.[14] Imagens cinematográficas corriam ao rés do mar, mal lhe tocavam absorviam-no, o mar rebentava através delas até a muitos quilómetros dali, até ao coração dos continentes, do deserto, planaltos onde Samuel já estivera, tal como ali também sentado, uma garrafa à frente, onde o verde da memória e o da consolação se confundiam, um verde desviado das folhas, desviado dos astros, corrosivo,[15] desestruturante, com o seu quê de estrela ou queimadura.

Às vezes caminhavam juntos, e os passos eram o seu único diálogo,[16] embrenhavam-se por becos, por ruelas onde o eco se irmanava ao sentido,[17] e o acentuava, e o fazia extravasar-se nas paredes, nas vidraças, nas sargetas, a isso ele chamava andar em plena língua, ou então meter a língua a fundo, acelerar, sentir as imagens passarem velozmente, e o desespero por baixo, e mais abaixo a angústia, e mais abaixo ainda o nada, o absoluto, que com tudo o que havia à superfície dava então um nó, e se apertava, as casas estremeciam, a manhã abria-se sobre elas como um olho enorme, as estruturas abalavam-se, «mamã!» gritou, palavras com a configuração já de falésias desabando-lhe nas vísceras, no breve transístor que na mesa ao lado lhe ordenava o sentido, ou as falhas de sentido, o sentido com as suas falhas, aberturas tão apertadas que nelas já nem a alma cabia. Abrindo caminho a pulso, atento às vozes, vozes que pegavam fogo à parede, ao pormenor da falha do cinzeiro ali de súbito muito cheio de si, mais de si do que de cinza, e do sol que vem da língua, da aresta do destino, um pormenor a arder na praia, alimentado de pura contingência.

Como se as suas entranhas fossem as de um cão. Um crucifixo. As sepulturas a absorver-nos a atmosfera,[18] a implacável respiração dos mortos subtraindo o ar,[19] a própria manhã que lhes faz os pulmões inchar até ao âmago das trevas.

Escadas a que a memória emprestava os últimos degraus surgiam-lhe da treva desligadas de qualquer lembrança, reduzidas já a um osso, a um livro, à faca espetada no mar, ao brilho do metal a iluminar-lhe os recessos da lembrança, a despertar o rumor nocturno dos motores nas docas, o azul do paladar contra a lembrança, a lota, a animação que reina nas tabernas a partir do escurecer, os cantos, os risos, o assobio branco da maré sobre os sentidos, os sentidos todos eles num feixe, num ímpeto abrangendo tudo em torno, as casas, as paisagens que através delas rodam numa súbita explosão cinematográfica, as curtas-metragens dos sentidos, o veneno oculto nos portais, riscando as trevas. Venenos que deslizam nas trevas e as habitam, delas se alimentam, as transformam, no-las dão a inalar no seu sentido irrevocável, manhã do avesso. Ele estava ali sentado, à margem dos furtos e dos latrocínios, o mundo à sua volta como um poço. O eco dos passos percutia-se nos muros, nas paredes, como um punhado de moedas que, empolgando-lhe a memória, lhe deslizasse entre ela e os sentidos.

As coisas punham-se todas a ter sangue, as janelas expunham-no então por trás dos vidros, pratos cheios de sangue, malgas, alguidares, um sangue onde o mundo se reflectia e através do qual as imagens das coisas se escapavam como se o sangue as engolisse,[20] cada coisa com, dentro de si, sua pancada, um tempo próprio, uma manhã estrangeira a todas as restantes, linhas cronológicas através das quais o mundo arremetia.[21]

Tarsila contara-lhe que a casa deslizava, adornava, que através das suas janelas deixara de se ver o porto e das gavetas dos seus móveis o passado que vinha sobrepor-se-lhe como um porto mais exacto, mais impregnado pela realidade, mais conforme a uma ideia de verdade que entretanto se perdera.

O que quer que ele escrevesse ali mais não seria, sempre, do que a sombra desse outro livro, fulgurante, eternamente por escrever, livro sensível, todo ele língua, acuidade, desligando as portas sobre os órgãos, livro eléctrico, manhã que sobre as suas folhas consubstanciasse a última palavra. As letras atraiçoavam-no, a sintaxe abria-se-lhe em torno como uma boca enorme, a glória refluía até se reduzir a um núcleo, um pormenor na pele. Eram seis horas, os insensatos corpos dos rapazes afluíam, pescadores, engraxadores, vendedores de cigarros, a luz ia-se lentamente transvasando do céu para o interior das casas, entre memória e memória, diálogos fortuitos. E ele, ali, entre o pássaro e o peixe, um sol de asas abertas, a abrir caminho a pulso, confundido com tanta realidade, tanto mar na água, a apurar a língua nos fornos da sua própria ignorância.

Uma dessas manhãs a avenida mudara de aspecto, em cada poste havia um animal morto pendurado, cães, gatos, cabras, burros, Samuel julgara até — mas já não estava certo — lobrigar ao longe uma avestruz, e outros animais ainda mais exóticos, leões, rinocerontes, por baixo de cada carcaça uma poça de sangue a fazer corpo com a manhã, era uma visão muito aumentada do que via, manhã que fosse elástica, afeiçoando-se aos contornos dos objectos para melhor neles penetrar — a dar crédito a Tarsila, o porto já nem sequer existiria, nem um único barco, uma ilusão apenas, sobre a qual as suas janelas agora se abriam como dois buracos na memória, e através dos quais as imagens redemoinhavam até ao centro do seu corpo, onde a casa adornava.

Outro falara-lhe das banheiras que tinham instalado na empresa, era no mesmo edifício que o escritório, os funcionários iam lá espojar-se, todos com ar de o fazerem no interesse do serviço. Samuel tomava notas, apontava, pedia pormenores, sinais, tecia comentários a que as pessoas anuíam, todas elas voltadas para dentro de si próprias, à espreita de si próprias[22], volvidas em suas próprias ratoeiras, todas elas de arame em torno dos seus erros.

O pão fende a memória, um pão crepuscular, luminescente. Entrara-lhe na memória[23] não se sabe por que frestas, aí o recozera, transmitira-o aos sentidos, saboreara-o com os olhos e com os dentes, e com a lembrança dos mortos, com a aflição dos enfermos. Havia-os em parte devorados pelo mar, em parte pela lua, e que agora ali vagueavam, perdidos na sua imponderabilidade, na fronteira dos acasos, à espera de quem lhes preenchesse os espaços por onde a sua realidade se perdera.

As luzes do porto e a do farol, todas elas a brilhar de afecto, ou talvez de desafecto, ninguém o saberia, abasteciam-se ao fundo da memória, ao rés do coração, incrustando-se-lhe depois na língua como coisas sólidas, tições à margem do destino.

A azáfama do porto, o carregar e descarregar de caixas, furgonetas, os apelos, a noite a falar na voz de cada um, nos motores das motas, das traineiras, das arcas frigoríficas, no árduo deslizar da luz do céu para a lembrança.

Aquele que lhe falara das banheiras prosseguia, ia dando detalhes: o ar beato, circunspecto, com que os funcionários se metiam na água, a deixavam invadir-lhes o espírito, a falha no rebordo da que ele sempre utilizava, o gozo de por lá passar com o pé, discretamente, sem que os outros de tal se apercebessem, a macieza do metal de súbito interrompida, o prazer a percorrer-lhe a pele, espécie de sol aberto nos sentidos. E a cada dedo do pé correspondia sua sensação, cada um deles com sua especificidade e sua intensidade diferente, seu volume, seu destino próprio. Os funcionários entravam carregados de dossiers que cuidadosamente poisavam a alguns metros da banheira, por mais fundo que fosse o ponto a que dentro deles a água os conduzisse havia sempre um olho à tona, era preciso ter cautela, não confiar em ninguém, a perda de um só dossier arrastá-los-ia irremissivelmente para o fundo, ou deixá-los-ia à deriva, para todo o sempre ao sabor da borrasca, das correntes, da ignomínia.

As palavras depois recusavam-se a entrar no livro, ou então entravam e diluíam-se instantaneamente, Samuel munira-se de pregos, martelos, parafusos, cravava-as o mais fundo que podia mas em vão, a brancura avassalava-as, deixava lá às vezes uma letra, uma única letra como que a escarnecê-lo,[24] olhadas das janelas as vertentes da montanha aproximavam-se e afastavam-se, era de crer que consoante o pensamento de quem então as estivesse a atravessar.

Virgínia dizia que alguém lhe entrava em casa durante a sua ausência, tinha a certeza disso, havia sinais indesmentíveis, determinada porta que ela deixara entreaberta e à noite encontrava escancarada, ou vice-versa, papéis que ela dispunha no chão e que mudavam de lugar, nunca nada lhe tinha sido roubado, era uma espécie de jogo, no inverno ela preferia passar frio ao chegar a casa a deixar o aquecimento aceso, quem quer que viesse que aguentasse o frio, não, jamais se atreveriam a ligá-lo porque assim é que se iriam denunciar, havia que contar com a esperteza dos outros, o jogo durava há meses sem que ela se decidisse a ficar em casa e a correr o risco de se vir a confrontar com a total falta de fundamento das suas conjecturas.

As pessoas vinham e ele escutava-as, de vez em quando tecia um comentário e elas assentiam como a uma palavra que, vinda doutra realidade, acelerasse as suas vidas, cada qual uma cratera para o fundo da qual tentava atrair todas as outras.

A boca, e o seu particular comércio com as entranhas, era nuns mais visível do que noutros, se alguém as apertasse a boca retorcia-se num esgar inequívoco, ele tentara estabelecer uma tipologia de esgares, as diferenças entre eles e entre os esgares e as expressões, e ver em que medida cada um deles se ligava a este ou àquele objecto, de que modo havia esgares-farol e esgares-rochedo, averiguar a graduação das emoções através deles, e a dos afectos, e dos silêncios onde eles se recortam, porque o silêncio não existe, existem só momentos em que deixamos de ouvir,[25] e em que o que até então se definira nos ouvidos se engolfa nos olhos, nas narinas.

A realidade, a irrefragável impulsão das coisas para a sua superfície, desposara-lhe os sentidos até níveis antes insondados, atirara-lhe às janelas pedaços de mundo há muito soterrados, que ficaram momentaneamente colados aos vidros como formas irreconhecíveis. «Jan es mor» escrevera ele, um dia, num desses vidros a que as trevas se grudavam, um vidro como que enevoado: «Jan es mor». A poucas centenas de metros dali □[26]

A sua própria sombra imbricara-se-lhes nas vidas, embarcara com eles, não sabiam agora como se desembaraçar dela, a qual lhes invadia a boca, os lábios, as gengivas.

Trazia na mão uma balança e em cada um dos pratos uma vela, a chama admirativa do seu próprio peso, uma espécie de graça a cuja luz de novo a realidade se empolgava. As paredes, em perfeita conivência com a memória, principiavam a ruir. E era menos a luz do que o seu próprio peso que o alumiava.

Quem desejasse jogar com a morte não poderia encontrar ali melhor parceiro, ele e o morcego sempre ali ao lado de plantão, com qualquer coisa de esfíngico, anunciado. As casas diminuíam de tamanho, imbuídas de distância, uma distância que era quase afecto, uma infância das formas.

Desliga-se a manhã das coisas, descose-se, esfiapa-se. Virgínia insiste: tem a certeza de que vão lá a casa, bebem o café que ela deixou na cafeteira, fazem amor na mesa, o tampo fica a balouçar, até já houve um dia em que caiu depois de ela voltar.

Fora a partir daí que ele começara a sentir que as suas entranhas eram as de um cão, não sabia ao certo porquê mas era assim, a questão era aliás fácil de enunciar, podia-se fazê-lo nos seguintes termos: □[27]

□ porque a água que bebem é a dos afogados,[28] «você já bebeu da água onde se tivesse afogado um homem?» perguntou alguém junto de si, água em forma de estrela, de animal, água a caminho do açougue?

□ os esforços que ele despendia para que aquele amontoado de informações tivesse alguma legibilidade revelavam-se infrutíferos, tentou desfazer-se do mar, aligeirar assim a sua ignorância, alguns arbustos agarrados a um ou outro sentimento □

□ por vezes os cães enfureciam-se durante a noite, não sabia em que frequência os escutava □

□ a manhã cresceu-lhe dos olhos para a boca,[29] do dia para a véspera, mundo que coubesse no sorriso de um condenado, ou que esse sorriso delimitasse, viam-se as fronteiras para lá dos vidros, a branca afirmação do farol a devorar as trevas, contígua à solidão, aos excluídos do destino □

Mas — prosseguia o da banheira, o funcionário — um dia ele não pudera mais, saíra para almoçar e dera consigo desavindo com o destino, o céu estava cinzento, «um céu de funcionários» pensou, «um céu ele próprio funcionário», e de regresso ao escritório atirara com todos os dossiers para dentro da banheira, sobressaltara os colegas, alvoroçara a chefia, despedira-se, agora só aquela pequena falha no rebordo da banheira lhe faltava, tentara reconstituí-la em casa mas em vão, o seu prazer acabara.

Havia pessoas cuja voz as enchia de areia, eram o deserto, uma longuíssima extensão de areia onde só a carne se ateava sob o sopro da ignorância.[30]

Passou um homem carregando um bule, outro um peru, outro a

sua própria solidão tangível, cintilante, outro ainda um enigma, para com todos Samuel tinha uma palavra, um cumprimento em línguas de que ele próprio velozmente se afastava. A manhã crescera-lhe dos olhos para a boca, dos lábios para os dentes, todos os seus dentes se incrustaram na manhã[31], como se a manhã estivesse ao contrário e o sol brilhasse a duas velocidades, num registo diferente, e o desperdiçasse, e dele se alimentasse, até não haver já nem pinga de alma no corpo.[32]

«Importar-te-ia que te arrancassem os olhos?» «Não, se eles a seguir me voltassem a crescer...» Ainda aí como dentes, dentes em vez de olhos, devorando o espaço, e essas vozes vinham-lhe de longe, de um café numa cidade de estudantes onde vezes sem conta ele se sentara e pela primeira vez elas surgiram. E acrescentava:[33] «Se algo dentro de mim, como semente no interior da terra, germinasse ao ponto de eles voltarem a nascer...» Vozes que o tempo enrouquece, distorce, faz soar numa língua estrangeira, e ele, no seu caderno de sinónimos, aponta «sequaz, comparsa, apaniguado», os sinónimos brilham-lhe no espírito, não do seu sentido, mas da sua sinonímia, Samuel voltou-se a endireitar, com todo o mar a dar-lhe nos sentidos.

Havia dias em que o vento o incomodava, sacudindo, logo de manhã, mesmo por baixo da janela do seu quarto, a tabuleta do hotel, batendo-lhe depois nas faces como uma falta de perdão, impedindo-o assim de se sentar nas esplanadas. Uma vara de porcos passou já meio sepultada, «é como se levassem uma estrela para o açougue» comentou para si próprio, a manhã ocupava-lhe agora o lugar do sangue e da memória, ia e vinha, como um pêndulo, uma pulsação que unificasse tudo, um sinal na pele de Yunos, a maçã no quarto, sobre a mesa, no dia em que ele chegara, e entretanto aquelas vozes regressavam, emergiam no papel, brancas das suas entranhas, e por fora do café havia a chuva, eterna, irrevocável, distorcendo tudo através das vidraças, como uma espécie de eternidade que ali viesse bater, que ali se viesse colar, e olhando através delas Samuel via as pessoas a andarem em itálico nas ruas, «era como se estivesse a chover de cor».

A manhã entrara noutra frequência. Ele estava ali ao lado de si próprio, contemplando-se. Pessoas que nada tinham em comum para além do desejo de se fazerem ouvir vinham sentar-se à sua frente às mais variadas horas. O antigo funcionário perdera todo o gosto por viver, privado que ficara da falha no rebordo da banheira, cuja sensualidade — prosseguia — variava com a temperatura da água mas, se assim pode dizer-se, numa escala diferente, refractária a medições de qualquer tipo,[34] à semelhança do que por vezes acontece quando o peso de cada objecto nos é dado pela luz. Há, com efeito, objectos de que só a luz[35] pode acusar o peso[36] e que no escuro se tornam imponderáveis. Samuel aproximou-se da janela: a agitação do porto tinha atingido o auge. Era um incessante vaivém de furgonetas e motas com pequenos atrelados, um incansável carregar e descarregar de caixas e caixotes, um estalar de gritos, gargalhadas, tudo isso abrindo para outra realidade, virando-lhe o presente do avesso. Um porto, docas, um farol, uma praia, coisas que lhe vinham dos mais variados extractos da memória[37] e ali se projectavam sob a forma de presente, havia, é certo, os pormenores, a falha na banheira, irrepetível, irreconstituível, que podia ser o sol, a cintilação dentro de si de todos os enigmas e lugares, do mar arrebentado, ali, à sua frente, mas por vezes a realidade refluía, o espírito hipertrofiava-se, uma chave, um fecho, adquiriam proporções insuspeitadas, e ele deixava de entender o que ali estava a fazer, sozinho, naquele quarto acossado pela irrealidade: num quarto ao lado uma cama rangia, era a cama do mundo, o mundo que através dos canos se exprimia a altas horas, quando toda a visão se concentrava no ouvido.

Ouvia a sirene do farol, a ronca, ouvia o vento, o mar dilacerado a noite inteira,[38] ouvia a manhã chegar, o azul rendendo as trevas, e os sentidos[39] giravam-lhe na carne como um ínfimo sistema planetário,[40] alguém abria uma torneira, uma gaveta, uma janela, um parágrafo, um parênteses, lá dentro o coração pulsava. Havia manhãs em que as gavetas estavam cheias de sangue, um sangue aflitivo, descorado, um sangue com lixívia, e essa imagem perseguia-o o dia inteiro, sobrepondo-se ao real em torno da mesa a que à tarde se sentava,[41] contagiando os transeuntes, o seu pequeno bloco de notas que se punha a sangrar também, como se a sinonímia houvesse sido ferida, e ele então sentia-se solidário com o arbitrário, do qual era o sol — pensou — o melhor exemplo. O sol brilhava-lhe arbitrariamente, refulgia-lhe nos copos, nos talheres, nos gritos das pessoas que passavam, e cada uma o transformava no seu espírito — a manhã até aos ossos, à raiz dos ossos, circulavam todas, com o seu quê de afectuoso, mensurável, num vaivém contínuo.

Por fim chegara Agnelo, a faca cravava-se no mar com toda a força, a sua história, como todas as restantes destituída de qualquer evento, um repetir de acções em roda livre, o mar como uma crosta prestes a estalar, Agnelo, as mãos contra a solidão, não resistia ao apelo das trevas, procurava pelos parques ou pelas docas os corpos mais nauseabundos, corpos de velhos, de bêbedos, corpos onde, tal como no dele, a solidão fedia, tresandava, se acaso os via a dormir num banco, ou num portal, deitava-se ao pé deles, inspirava-lhes com força o hálito, a pretexto do frio aconchegava-se entre dois corpos (se os houvesse),[42] entre cartões, jornais, remendos, impusera-se como objectivo — era ele próprio quem assim se exprimia — curar as trevas da sua obscuridade, «e que ninguém beba da água onde se afogou um homem», as mãos avançavam nos andrajos dos mendigos libertando odores, odores que lhes vinham da alma, ou de uma falta dela, odores a sarro, esterco, pés e sexos por lavar, cheiros mais fortes do que certos sentimentos, e as mãos avançavam, exploravam, libertavam, Agnelo sentia a profundidade dos corpos ali mesmo à mão, corpos de velhos de gengivas descarnadas, dentes podres, entre os quais ele enfiava resolutamente a língua e inspirava, perguntando para si de quantas enfermidades e mortes eles teriam sido testemunhas, e, mais que testemunhas, causadores, protagonistas, a fétida exalação dos beiços penetrava-o, também ele tinha as suas tabelas, as suas tipologias, listas onde apontava toda a variedade de cheiros, dividindo-os em géneros e intensidades, procedendo a graduações, pelo odor sentia-se capaz de identificar a idade de um homem, a sua proveniência social, há quanto tempo não se lavava ou não comia, o que por último comera, o que bebera, fumara, as doenças que tivera, a sua história, em suma, mas mesmo assim reconhecia a imperfeição do seu sistema, havia que torná-lo mais sensível e apurado, mais subtil, às vezes até se chegava a enganar, acima de tudo deplorava que fosse justamente onde ele falhava que o prazer surgia, tanto mais intenso quanto inesperado.

A certas horas as ruas transbordavam, do interior de cada loja vinha um rumor diverso, um ruído de transístor que chegava de um tempo diferente, era como se por trás daquelas paredes não houvesse outro espaço mas sim outro tempo, uma paisagem, cifrada, abrindo-lhe os sentidos, esses sentidos a cuja chama continuava a consumir a realidade, um desperdício de alma.

Sentava-se num banco, atento ao burburinho, ao bruaá,[43] ia jurar que alguém perto de si conversava só em maiúsculas,[44] talvez fosse um turista, um funcionário, e ele, ali, entre o pássaro e o peixe, atado à sua contingência, aos canos através dos quais o mundo a altas horas se exprimia, tentou recapitular: Tarsila, Virgínia, Adão e, por fim, Agnelo, os quatro que no espaço de pouco mais que uma semana haviam respondido ao seu anúncio: «Contacte-me: se acaso quiser contar a sua vida e não souber como fazê-lo — sou o seu biógrafo». Esperara que políticos, homens da alta finança, o contactassem, antevira as viagens que com eles faria por países exóticos, acompanhando-os a reuniões, recepções, ou em momentos de lazer, junto à piscina de grandes hotéis, sobre relvados, sempre, sem parar, tomando apontamentos, devassando-lhes suavemente o espírito, a memória, realçando este ou aquele episódio, este ou aquele aspecto, edulcorando-lhes a imagem, páginas que ele depois escreveria pela noite adiante, burilando-as até com elas poder pagar a sua independência, mas só aqueles quatro haviam respondido, telefonado, e ele ainda tentara cumprir o prometido, tomara algumas notas, apontara uma ou outra informação, mas nada daquilo ganhava consistência, as pessoas ficavam-lhe mais despidas no papel do que ao chegarem ao mundo, por completo incapazes de se reconhecerem em qualquer dos episódios que lhe houvessem relatado e de que ele só agora, revivendo em diferido a sua enunciação, intuía a violência oculta.

Um anúncio televisivo dera-lhe então outra ideia. Tratava-se de um cartão de crédito, graças ao qual, no espaço de um minuto, um jovem escritor que partia para escrever no mais recuado ponto do planeta conseguia superar uma série de contratempos[45] e levar a cabo a sua obra, de que a última cena do anúncio era já o lançamento, numa galeria em Paris.[46] O título da obra era o nome de um lugar, provavelmente aquele lugar perdido para onde ele fora com uma mochila e uma máquina de escrever, talvez fosse um diário da estadia, talvez um «polar» ou um «thriller» a que esse lugar servisse de cenário, ou nada disso, vá-se lá saber. Viera-lhe então a ideia de escrever ele aquele romance, solicitar à empresa dos cartões de crédito, a favor da qual depois reverteriam os direitos, o custeamento da viagem e da estadia. A resposta tardou, mas quando por fim veio era positiva.

Contudo, o que num dado registo se passara assim já noutro se cifrava de uma forma totalmente diferente, a realidade tornava-se ardilosa, múltipla, proliferante, bastava entrar no espírito de cada homem para que ela se alterasse, mudasse de cor e de textura, como sucessivos quadros pintados sobre a mesma tela, quadros que uns sobre os outros ele agora via em perspectiva, as histórias de Tarsila, Virgínia, Adão, Agnelo e a sua própria, ele próprio já Tarsila, ele próprio já Virgínia, ele próprio já Adão, ele próprio já Agnelo, ele próprio na banheira, entre dossiers, ou entre maltrapilhos, inalando os cheiros das axilas, das gangrenas, das gengivas descarnadas.

Ali, com o sol já quase integralmente oculto pelas árvores, de que só no topo ainda incidiam alguns raios, e sentindo o coração meio talhado, dividido, como se, em redor, tudo dele se viesse servir para pulsar, Samuel, ali poisado como um adesivo, um penso que impedisse o mundo de sangrar, de novo se apostou em entender a sua vida, em fazer da alma o écran onde a pudesse projectar. Sentado a escrever junto à janela, em busca de uma narrativa a que a contiguidade do vidro fosse propícia, vislumbrou na praia um grupo de rapazes a jogar à bola, talvez o mesmo que o Arenas certa vez entreviu pela janela de um comboio, e mais além um outro a fazer um pic-nic, mas a avaliar pelos gestos eram as vítimas que comiam os verdugos, Samuel olhou-

-os pensativo, o céu tremeluzia-lhe entre as linhas que escrevera, imaginou um talho onde anunciasse «carne de verdugo» e, por baixo, «algoz», «carrasco», como se fosse de anho, de borrego ou de cordeiro, carne com um vago travo a sinonímia, a carne passava-lhes velozmente entre as mãos, um deles meteu-se por si mesmo abaixo até não ser mais do que um poço, uma cratera, outro, olhando as casas, detectou nelas o seu quê de beato ou compungido □[47]

Tomavam um autocarro, seguiam uma linha paralela à dos eventos,[48] a cada uma das janelas correspondia um episódio diferente, de uma forma tal que cada coisa a si mesma se ia superando, perpassavam-lhes no espírito imagens entre as quais o céu fazia a ligação, a manhã dava-lhes corda, brilhava-lhes por dentro, e, para além de cada coisa, de cada objecto, a sua própria ordenação no espaço era palpável, densa, cintilante. A certa altura, porém, tudo começou a andar para trás, como palavras que deixassem de fazer qualquer sentido, os muros, ainda brancos de sono, descarnaram-se, o céu desfez-se do horizonte.

Agnelo, nas noites em que não encontrava companheiros, ou em que lhe escarrassem em cima em sinal de rejeição, ia remexer no lixo, conhecia todas as lixeiras, chegara a comprar lixo e a ter um pequeno stock em casa, esfregava-se com ele até o esperma jorrar. Mas era um triste remedeio, na verdade só os odores humanos o excitavam, o de comida podre, ou de produtos químicos, pouco lhe dizia, e era nesse dizer, todo ele de olfacto, que o mundo se lhe abria ao espírito.[49]

Havia as roldanas sobre o mar, erguendo-o até à alma, à incompletude da alma que elas vinham suturar, havia um traço igual à salvação, tudo isso se via da janela, por baixo da qual a tabuleta era impiedosamente sacudida pelo vento, na praia as estacas das barracas faziam de baliza, às vezes a realidade tornava-se intermitente, descontínua, havia espaços através dos quais,[50] de súbito, a manhã proliferava: chegava-lhe às janelas, à carne que reinava no aposento, ele recostava-se na cama e lia □*, depois[51] levantava-se e escrevia nas vidraças: «Jan est mor». A manhã entrava pela noite e, a seguir, recuava, refluía, a noite então fazia de manhã, pequenos gestos, repetidos, adensavam-lhe a existência: subir ao terraço, pendurar a toalha, escolher a cor das molas, depois os hiatos afectavam o próprio mar que através deles se punha a rebentar noutros lugares e acedia assim a outras formas de existência, Samuel ouvia-o em diversos extractos da sua vida simultaneamente, mar, céu, tempo picado — pensava — , à sua frente a rua, □[52]

□ vozes monocórdicas,[53] como se através delas se expressasse uma outra voz, a voz de alguém que estivesse a ler um livro que a mais ninguém fosse acessível,[54] um livro subjacente a tudo e de que tudo mais não fosse que o dictame, um livro soterrado, a que só quem pudesse ler letras soterradas tivesse acesso,[55] um livro onde a luz e as trevas se cifrassem,[56] como uma voz que não fosse a das pessoas, ou ruídos que não fossem os das coisas donde pareciam dimanar □[57]

Mondial (Ás de Copas)

□ ao arquear, o tempo fazia-lhe chegar, como que em alta tensão, factos de outras eras cujos círculos assim se entrecruzavam, e expandiam, comprimindo ou distorcendo a realidade ao ponto de os objectos, mesmo os mais familiares, se lhe tornarem todos estrangeiros: alguns desses círculos chegavam[58] dum futuro arrefecido a que só com um grande esforço de imaginação Samuel lograva devolver a chama a cuja luz a realidade se fendia,[59] um tempo lâmina apurando-lhe as entranhas,[60] porque só o que se faz no futuro pode a bem dizer servir-se no presente — e, ao avançar nas ruas cada vez mais concorridas, Samuel apercebeu-se de que as cores com que o futuro desbotava no presente[61] iam tingindo as caras dos transeuntes, e nisso, onde outros não veriam qualquer contradição, Samuel sentiu-lhes vir à superfície o

* O original remete para a prosa de Kavafis, não indicando, porém, uma passagem específica. Veja-se a nota de fim.

vácuo da existência, uma existência onde os guindastes mergulhavam, entre redes cujas linhas, confundidas já com as do destino, eternos pescadores ali iam cosendo.[62] Era ali, nessa parede onde o passado estava à bica, onde uma porta era só porta de um dos lados e do outro abismo, uma ferida, que Samuel ia encontrar algum apoio e uma maior compreensão. Como um volume opaco, interiormente atado a uma fatal contradição, e talvez por isso dando-se ares de bateria,[63] essa parede dir-se-ia estar ali para ordenar o mundo, calibrar o ar, a realidade □

□ assim o pão, que sabe ao que os olhos já sentiam, cozido[64] no ardor dessa convicção que agora ali se resumia a mastigar, ao gesto de o envolver com a saliva[65] até ele, pão, no paladar, se tornar solidário com o ouvido □

□ era como se o fogo, acomodando-se ao fundo da memória, onde a maré, em vez de o apagar, mais parecia alimentá-lo, lhe rendesse[66] os dias que, exalando-se através dos poros, por momentos o envolviam antes de o passado por completo os absorver.[67]

□ requeria-se assim, da parte de quem perseverasse em acendê-lo, especiais talentos e artifícios, tendo de neles insuflar um pouco de presente ou de passado, graças aos quais as labaredas se alteavam tanto mais intensas quanto mais longe do presente esses instantes se encontrassem,[68] era o tempo em todo o seu esplendor.

Fizeram com pétalas de lírios amassadas uma pasta onde enterraram os televisores, as imagens que por baixo a memória alimentava eram um buraco no écran □[69]

□ a luz era ali mais da novidade que do sol, em volta do qual houve então mesmo quem julgasse terem posto um plástico,[70] ou então[71] que ele próprio fosse já também de plástico, mas não: a luz na realidade era a do sol, só que a novidade se entranhara nele[72] ao ponto de, nos dias subsequentes, mantendo ele embora a mesma intensidade, não voltar[73] a cintilar assim.

As coisas aqui contadas, muitas das quais inventadas[74] no trajecto entre o narrado e a narração, têm luz própria, por isso se alguém aqui acaso se extraviar será mais por excesso que por falta dela, e desafio quem tiver lido tudo o que precede[75] a desmentir-me.

□ quanto mais enterrados os écrans estivessem, mais cheia de sentido a luz que difundiam (imagens que de memória pura ali jorrassem destruí-los-iam),[76] luz chegada às lágrimas, ao sono, e que, ao descer à praia, Samuel de súbito entendeu[77] que vinha mais da novidade que do sol, o qual, perante a luz que a novidade irradiava, era uma luz vazante, como a última a envolver a pele a um condenado.[78]

O leitor não vai decerto acreditar-me, mas no livro, onde, quanto mais em branco as páginas estivessem, mais fundo e cintilante era o sentido, tudo isso intimamente latejava, e desafio quem tiver lido tudo o que para trás ficou a desmentir-me.

Samuel, sentado entre os écrans e, tal como eles, completamente soterrado, ali, numa esplanada àquela hora ainda quase sem ninguém □[80]

Entrara-lhe na alma[81] um pingo de gordura. A coisa talvez tivesse ficado por aí se ele logo a seguir não fizesse intervir a língua,[82] a qual, fazendo-o alastrar da alma ao coração, o transformou numa visão mais funda que os sentidos.[83]

O homem das camisolas lhas vendia nos écrans, camisolas de uma substância tão subtil e cristalina que Samuel se reflectia através delas, ele próprio também dentro dos écrans, e o homem afinal cá fora, esbracejando com as camisolas na mão.

□ e entre o dentro e o fora havia o sol, de qualquer deles erradicado[84], não que ele aí tivesse deixado de brilhar, mas que o fizesse[85] apenas já através da informação.

□ o mar como uma coisa vaga que ele trouxesse nos bolsos □[86]

□ um par de namorados totalmente embevecidos[87] mas de súbito a cabeça do rapaz soltou-se-lhe dos ombros e rolou no chão, a rapariga precipitou-se para a agarrar mas a cabeça escapuliu-se-lhe entre as mesas □[88]

□ o coração embranquecia as vozes,[89] daí talvez que tão difícil fosse distingui-las através do branco das paredes; pessoas que ali estivessem a tentar passar a limpo as suas vidas □[90]

□ chegava-lhe dum dos quartos mais próximos o som de altercações — ou seria que o que ele tomara pelo coração mais não era afinal que essas paredes através das quais a voz embranquecia (e embranquecia ou esbranquiçava?), um sol que o dentro e o fora houvessem suprimido —,[91] não que neles houvesse deixado de brilhar, mas que o fizesse apenas já através da informação.[92]

Mesmo que ali pusesse um penso, a narrativa passaria através dele.

□ a realidade, meio ali à sua frente, meio dentro de um transístor, que o leitor neste momento poderá sintonizar como entender.

□ cujas imagens lhe distorcem a boca ao ponto de no écran lhe não ficarem mais que os dentes esmagados □[93]

□ basta que o leitor, voltando algumas páginas atrás, raspe com força o que acabou de ler, para por baixo ver surgir o vendedor de camisolas nos écrans, écrans como bandeiras.

□ a água se tornou secreta, como se, a partir de algo que nela os documentos houvessem inculcado,[94] qualquer coisa se esquivasse à realidade ou pelo menos à que está ao rés da percepção.[95]

□ mercê de uma reacção que os dossiers nela tivessem provocado ficasse secretíssima, esquivando-se □[96]

Os velhos crescem mais mas de uma forma menos consistente,[97] os dentes que eles há muito já perderam — mais parece nunca os terem tido — ferem a memória, a qual, terrivelmente descarnada, é, por seu turno, a mais fiel imagem dessa boca diluída num sorriso onde as lembranças ganham a ousadia do que foi perdendo a cor ao longo do percurso, riacho que nas pedras foi largando o azul cantante[98] até se reduzir a um fio inexpressivo, uma incisão no tempo, na memória, onde tudo o que era branco houvesse ardido de um fogo propagado no interior, as cores ardiam, invisivelmente, para dentro, como que sugadas pela narrativa, deus feito cal — pensou Samuel —, a luz que o branco trabalhava ateava-lhe os sentidos, «o livro tem de ter os seus mistérios, senão como é que você lia?», os velhos vinham sentar-se ali todos em fila, a memória de que já exclusivamente se nutriam descobria-lhes os ossos que entretanto eles se entretinham a contar, havia-os com cem, outros com mil, outros que, com a ajuda de uma lente, simulavam mais do que os que tinham, era uma batota inocente, e tolerada, onde por vezes a pele também intervinha,[99] a graduar-lhes a chama da inocência.[100]

Havia entre todos os livros e o livro uma corda sobre a qual Samuel ensaiava os mais ousados exercícios, via-se a si próprio nos écrans suspenso sobre o abismo entre as palavras, a manhã que nelas se inculcava enegrecia-lhe implacavelmente esses espaços, os espaços em branco iam ficando cada vez mais negros, um deles alastrou-lhe pelo espírito, profuso e veemente, as vísceras cerraram-se-lhe ao fundo como achas num lume prestes a extinguir-se, buracos que eram todos já só da matéria da memória com a qual a própria carne às vezes parecia aglutinar-se,[101] o movimento era de avanço e de recuo num dispositivo onde os sentidos todos intervinham, sentia-se os écrans a avaliar-lhes a potência ao mesmo tempo que, sondando-os do avesso,[102] os projectavam numa dimensão mais abismada, como coisas de que a única medida fosse o abismo,[103] o espaço em branco entre as palavras, os silêncios, a manhã que pelo avesso os transformava em menos do que tempo, em infra-tempo de que o tempo, por seu turno, se nutria, e tudo à sua volta trepidava, as vísceras às vezes irrompiam-lhe do escuro e dir-se-ia haver nelas um pacto com a distância ou que a distância toda aí se concentrara[104] — entranhas impregnadas de distância, essa na qual a altas horas os motores se ouviam tornando-as assim ainda mais altas, e as páginas, mais fundas que os écrans, onde Samuel ia arrancar luz às mãos cheias, acordadas de dentro (e bastaria ali uma incisão para a brancura se exibir já sem qualquer pudor), coisas ao fundo das quais a memória ia certeira e que ela própria no trajecto coloria como se arrastasse o céu consigo, coisas a que a memória ia tomar o pulso fazendo também ela a pulso o percurso de ida e volta, era ao contacto com a pele que ela ficava mais visível, pele onde assim também o céu se projectava □[105]

No dia em que Samuel acordou com todos os sentidos soterrados (só a boca parecia ter ficado à superfície), decidiu, na esperança de assim melhor os poder desobstruir, ir sentar-se à beira-mar. Tudo o que tinha era na lembrança alguma chuva. Ao acercar-se da esplanada, apercebeu-se de que, para além de os sentidos estarem soterrados, a memória punha em cada um um peso suplementar e que, assim, parte da terra que os envolvia adquiria também ela propriedades da lembrança, através da qual principiou a entrar ao ponto de, a muito curto prazo, uma na outra por completo se fundirem. O sol, que entre elas parecia amalgamá-las, sol todo ele também terroso e a meio caminho entre a lembrança e o esquecimento, evolava-se através dos poros com uma tal violência que as vagas que se aproximavam ainda antes de rebentar se evaporavam instantaneamente.

Samuel sentia os sentidos[106] ligados entre si ao ponto de o que nuns tinha raiz frutificar em todos os restantes.

Depois sentiu o sul nas mãos, no exacto sítio onde as atravessava um prego — e os outros pontos, de que o sul, como que por uma ligeira desfocagem, se afastara, todos concentrados na memória, ou entre esta e o paladar, evacuados da geografia,[107] uma geografia de que insensivelmente se tivessem transferido para a anatomia, aglutinando--as no trajecto, o sangue a fazer corpo com o visível. A seguir foi a vez do coração que, devassado pelos pontos cardeais, passou a constituir uma fronteira intransponível, um mar de quatro águas, a quantidade e a qualidade absorvia-se uma à outra como se assim se potencializassem, era comum através do riso entrar noutra frequência, aí havia um homem que era irmão de uma lagosta e, orgulhoso de assumir tal parentesco, o ostentava das maneiras mais escandalosas, e era o que daí extravasava sobre a realidade que interiormente a definia, como uma forma interna e insuflada, em cujo coração um corte equivalia à projecção de outros tempos no presente, arrastando-o de norte para sul, até ao cume da inocência, ao sol envolto em plástico, a que o plástico tivesse penetrado na inocência,[108] até as trevas serem só terror, onde um buraco atravessava as auto-estradas, seguindo como um gráfico as variações do clima, a relva ilícita do presente, as amargas crateras revolvendo o estilo, a cápsula entalada no presente, onde a velocidade ia dando o tom às coisas — e não só tom mas igualmente a consistência,[109] a cal de volta aos muros e às paredes, a cal, mesmo a mais pródiga, de volta ao que tocava na visão antes de se trocar[110] em todos os sentidos, válvulas abertas em redor de contentores, o arco do desejo erguendo-as por dentro, uma espécie de urgência a trabalhar pelo interior todas as coisas, plástico no sol é como sal na água, o furo a atravessar-lhe todos os sentidos, do mais remoto, ou marginal, ao mais chegado ao âmago das coisas, ao verde antes de alcançar as folhas, à luz do ar movido pela asa do destino, a consistência dos objectos era ela própria arrepanhada para a imagem do destino, fazia-se destino, uma coisa como que impalpável a moldá-los interiormente, áreas afins das dos antípodas à beira de uma certa intermitência, uma inocência que as atravessasse como flecha disferida, a água de cada objecto — mesmo a mais denegrida — a avassalar todos os outros, a breve desfasagem entre os tempos que cada um traz dentro de si,[111] a cristalização do tempo como algo que através de uma tão simples reacção[112] as sustentasse erguidas no futuro, um futuro por onde o mar entrava disfarçado de presente, era uma alegria ver o mar a assumir um tal desígnio, a arder na cal que, regressada aos muros e às paredes, como erva que a partir do interior rompesse na pele da cal como lobo na da ovelha, ou como lã que, uma vez tosquiada, regressasse ao corpo do animal pela imagem que de si dentro dele tivesse subsistido, estradas irrompendo da memória em torno do presente, do vácuo que é o presente, o presente como o ponto em que o tempo se faz vácuo e perde ressonância, onde as palavras enrijecem como pão que na memória acabasse por ficar recesso, a falta de sentido nas paredes, uma falta mais visível do que aquilo sobre que ele próprio assim se projectasse e ao mesmo tempo penetrasse (via-se do outro lado, na lona dos sentidos), algo que ocultasse em certa coisa uma das suas características, e outra noutra coisa, e, assim distribuído por toda a realidade, mantivesse a sua essência em estreita dependência da inteireza do mundo,[113] e que o mínimo atentado a uma parcela deste irremediavelmente afectasse como uma derrocada, uma catástrofe abstraída das cores, dos volumes, do plano onde os primeiros e as segundas se conjugam arrastando as coisas para o abismo, e onde, através desse conjugar, discretamente as movem do presente para o futuro ou para o pretérito, uma realidade verbal como uma força, uma energia a percorrê-las acendendo-as e apagando-as nos limites da memória, uma memória a que de certa forma os vidros e os espelhos já pertencem,[114] memória-sentimento[115] que agredisse as coisas como um ácido ou uma forma insólita de deus, havia deus nos canos, deus a mais nos canos, uma porta a abrir entre uma realidade e outra, a amalgamá-las como os braços de algum polvo, como se a própria luz as mantivesse apenas já da sua consistência, a essência a transbordar, a cal a desprender-se e, acto contínuo, a regressar moldada já por dentro dos sentidos, da memória, mar cuja essência se houvesse acelerado ao ponto de irromper sobre o presente, assim uma vela de que luz extravasasse e se imiscuísse nos nossos sentimentos, a graça que no ar se misturasse ao agitá-lo o branco de uma asa, o branco da memória como o que nela fosse mais agudo e percuciente,[116] um homem congraçando imagens e fazendo circular através delas o presente, o tempo a respirar mais branco que o não-tempo, a água dos sentidos a impregnarem o presente, a faca na mão de um homem ou as lágrimas nos olhos de um adolescente, água em forma de lágrimas, de mar, de inverno a todo o comprimento dos hangares, das pistas, um tempo a descolar-se-lhes da essência, Samuel sentiu as cristas da memória a encurvarem para dentro, a aderirem aqui e além a um sentimento, a regressarem ao presente como a cal aos muros e, tosquiada, a lã ao corpo de uma ovelha,[117] e a verdade aos vaticínios dos astrólogos, das mães por dentro da ansiedade de qualquer um dos filhos até isso vir aos olhos, ao revolver do tempo no presente, ao verde que antes de ser folha já fosse árvore, lugares onde o tempo fosse incrementado e todo ele adquirisse assim a consistência do presente, da manhã aflorando os cardos e por dentro a transparência, uma abertura inverosímil feita ali por obra e dom apenas do diverso grau de transparência da memória a contas com aquilo de que está repleta, carregada como um dínamo, a memória a fazer trabalhar o tempo, a realidade, a sacudi-los um através do outro, o ardor de uma bandeira, a insaciável chama dos sentidos consumindo-os vorazmente, a regressão das coisas a um pré-tempo, uma incisão que nelas as unisse, as libertasse, lâmina a raspar a escuridão, as respectivas marcas nas paredes, a forma que tudo isso ia tomando até se converter em realidade, o alastramento por dentro dos sentidos, isso a que os vidros aderiam de uma forma que era quase democrática, fraterna, e era como que uma cola a circular pelo interior das coisas, uma forma de estas se irmanarem, conjugarem, sem que por isso houvesse qualquer quebra no sentido, na energia que em cada uma late e por completo a projecta contra a sua própria essência, coisas de que a essência fosse o invólucro,[118] a manhã nas superfícies, como se em cada coisa o seu epílogo a fendesse e nesse gesto a fizesse cintilar, o sol como um epílogo, uma capitulação, cintilação do mundo antes de se extinguir, uma palavra, dessas que ao cair na água a fazem ondular mais que uma pedra, uma palavra que, tendo atravessado um muro, se mantivesse intacta do outro lado, forma que as coisas tivessem de morder na realidade e esta nas coisas, e uma e outras no papel que atravessassem,[119] não porque o mar ou o mundo ali desempenhasse algum papel, mas porque apenas a memória os envolvia e perfurava e projectava assim nas telas do presente, a que a manhã acorria com o seu quê de disfarçado, como o aroma de certas plantas a que o verde entrou na rescendência, na maneira de o presente as conjugar em todas as pessoas, o arco da memória (entre íris e voltaico) atravessando os dicionários, o plural a enrijecer o singular, mãos que então nos livros repousassem, mãos cuja brancura, compartida com as páginas,[120] por dentro as devorasse, uma brancura que era quase um modo de elas se eximirem ao destino que em si mesmas trouxessem registado, uma espécie de febre, de ensimesmamento, uma brancura a que elas se chegassem[121] para assim melhor reverberar. Poisadas sobre a mesa, e conservando do convívio com o papel essa capacidade iluminante e ascensional, como um pequeno sol que ali rompesse, Samuel olhou as mãos à própria luz desse poder ali subitamente descoberto,[122] eram uma estrela mais cadente na memória do que outra qualquer em todo o firmamento, e então algumas penas de galinha entraram-lhe na alma reduzindo-lhe o volume, ele próprio ia no balde agora junto ao guiador — manhã que, menos que manhã, era um desejo apenas já de amanhecer[123] — o céu no rescaldo da alma — o mar como uma espinha.

☐ um céu que lhes parece feito por medida ☐[124]

☐ o espelho aventurou-se até ao som, à algidez do lavatório, à dispepsia dos canos na parede, da manhã trazida da memória ali às margens do presente, o qual nele se adentrava mais do que o passado ou o futuro ☐

☐ o mar alteia a alma ☐

☐ manhã entalada entre dois fogos, Samuel sentiu o mar a aquilatar-lhe a transparência ☐[125]

☐ o fogo recusava-se a arder como se o presente o absorvesse e apagasse ☐

☐ havia nela como que uma mola que dengosamente se estirava, distendia ☐

Répertoire

O frio acumulara-se por trás das cores, no interior, como se fosse entre a memória e a gengiva, onde a luz televisiva (a tal do talho) se acentuava, a luz balbuciava à beira da inocência, era entre as nuvens e a folhagem, a manhã quase no centro, como um sonho a que as cores estivessem apoiadas, donde as cores irrompessem, frio pelo qual as cores eram graduadas, as cores, quase uma voz, luz que tivesse atravessado a carne e fulgurasse agora com a força das entranhas, a de tudo aquilo a que o interior vem misturar-se,[126] a que ele serve de essência, e quanto mais oculto mais brilhante, mais chegado a uma tal necessidade que brilhar é a única forma de existir, a todo esse processo de que agora o frio era o sintoma, um frio recolhido atrás das cores, um traço bastaria para o soltar, um traço na parede, ao rés de uma inocência já tingida de emoção, entre a memória e a gengiva, enquanto as cores, guiadas pelo frio, alcançavam uma altitude insuspeitada, quase um desespero, um balbucio, uma voz que Agnelo, Adão, Tarsila e Virgínia tomavam emprestada, as cores eram agora ali a expressão das mais longínquas emoções, corria por entre elas a distância, o infinito era uma das suas componentes, alguém metia lenha na emoção, nos sentimentos, era uma forma arcaica de os fazer subir, soprava-se depois e eles alastravam trabalhando a carne, a cruz, o ardor de uma bandeira na iminência da batalha, a cal a esverdear nos muros, na memória, nos sentidos que se abriam à aproximação de deus, que deus chupava vivos, a visão, o olfacto, o ouvido, o tacto e o paladar — todos servidos a partir de dentro, uns através dos outros, até aos pulmões de deus, um deus de que era a manhã a respiração, Samuel via a manhã por dentro da manhã, uma manhã esfaimada, entre esfaimada e esfomeada, uma manhã a dar-se ares de sinonímia, a ir de palavra em palavra com sua luz solícita («Madame, não sei como é que ainda não figura num selo!»), o aro do passado entrelaçado no presente, o que escasseava nas cores recuperava-o a emoção, era a distância por dentro a trabalhá-las, a absorvê-las, leite de que o branco desertara, mar de que a cor era já só lembrança, um traço bastaria para os soltar, e assim ao longo das ruelas se iam sucedendo os artesãos, os comerciantes, o clarão de uma tesoura nas mãos de um alfaiate, um instantâneo onde a vida implodia, a distorção da realidade ali toda absorvida,[127] a cal a desprender-se do coração,[128] a brancura aspirada pelo frio, uma gengiva aberta — Samuel sentiu a luz a nasalar-se, era um transístor difundindo vozes de além-Atlas, saharianas, caminhava-se entre trevas escaldantes, não as que nos poços fermentavam mas outras mais chegadas à emoção, havia poços onde a voz se derramara, tanto bastara para eles julgarem ser humanos,[129] e havia tantas trevas neles como frio atrás das cores, cores que já só fossem frio, ainda menos que lembrança, mar que entretanto tomara a forma de um enigma, uma aporia, uma janela aberta no vazio, Samuel vislumbrou um anjo[130] a ganhar forma de galinha,[131] a pôr ovos e tudo, e o tempo que daí se parecia libertar absorvia-lhe a memória e o que lhe faz «pendant» em relação ao futuro, era tudo o que ele vivera ali a passar de anjo de galinha, um cacarejo atrás das cores, dos poços já sem voz, do azul que o céu se recusava a perder[132] mesmo quando anoitecia, coisas que o faziam salivar, ali, como se a manhã se formasse onde se forma o cuspo, ou a memória, manhã quase memória ao impregnar os sentimentos, manhã líquida, viscosa (o que nela então pudesse haver de repulsivo fazia-lhe girar os sentimentos), os velhos que ali vinham só para contar os ossos nem sequer davam por ela, o mais tardar às seis era de noite, a pele refluía-lhes nos corpos, o vidro nas janelas, o próprio ar a toda a volta envelhecia, apenas por um ou outro canal vinha, boiando, uma memória, uma lembrança quase confundida com o sangue, alguém chegava e perguntava pela saúde a cada uma das peças de um xadrez, «a luz está a crescer» gritou alguém assomando-se à janela, «a água está a voltar» foi a resposta, céu a que as estrelas regressassem, céu todo ali trazido pela memória, tempo a render-se ao espaço, ao branco transfinito, às entranhas de um cão, um gato, uma galinha, um animal qualquer, água[133] a tocar na sua própria ausência, as palavras circulavam entre as línguas, o relento, por exemplo, transformava-se em odor arrastando consigo o Sete-Estrelo,[134] era como ir ao fundo, à realidade, e arrebatá-lo, e recobrir com ele a narrativa, o livro aberto, e as páginas surgiam através da face, à contraluz, onde os meridianos se juntavam, era um embrulho à beira do passeio, a solidão ia engoli-lo, abri-lo para outra dimensão, Samuel, não resistindo a pegar nele, deu com ele alguns passos, o que nas mãos levava era por fim um poço, a realidade a resistir ao seu apagamento, a boca à beira da rasura, Samuel sentiu depois que o chão estava a dar choque e, em torno, o ar moldado pela transparência, pela voz, a voz chegada à transparência, uma palavra onde um arame a recusasse, a seguir vinham as oficinas, os letreiros, e era aí que a realidade se cifrava, que o silêncio se tornava reactivo, que as paredes se enterravam no sentido até deixarem de poder ser vistas, até todas se voltarem só para a memória, o mar a forçar a imaginação, Samuel estava verdadeiramente fascinado[135] com o ritmo que tudo ali de súbito adquirira, havia os restaurantes onde às vezes se sentava, o abismo dos pratos, da comida, da cumplicidade entre os talheres e a refeição, dos alimentos a que o brilho do metal dava um sabor vertiginoso, da alma atravessada pela comida, das outras mesas vinha-lhe um rumor de vozes, de conversas, um tinir de copos e talheres que entre as palavras parecia que também tinha sentido, um ritmo ardente, fascinava-o o que nas cores também pudesse haver de digestivo, nas das mesas, das toalhas, das paredes, a memória abraçava a refeição,[136] um furo que alguém nela perpetrasse punha-a em contacto com as estrelas, o zodíaco apoiado ao paladar, a um chão que já fosse rapidez, uma raiz.

Um nervo atado à glândula, aos cabelos que mantinham com o passado uma cumplicidade a toda a prova, a manhã batia-lhes por dentro e era a paisagem que de um lado ao outro se tornava glandular, bastava abrir uma janela para isso ser visível, o mar roía o nervo e enchia a glândula, também nele havia, então, como que uma capilaridade a desregrar toda a cronologia, entrava num relógio e era ele próprio, agora, que o fazia trabalhar rendendo o tempo, as ervas a que o tempo era o terreno mais propício desbotavam-lhe nas vísceras, as horas verdejavam à medida que elas destingiam, Samuel sentia o verde a ganhar altitude no interior do coração, na voz reminiscente das palmeiras, nos canos através dos quais o mundo se estendia, era de noite e as trevas verdejavam de uma forma como que anterior à realidade,[137] havia qualquer coisa nele[138] que a precedia, que com ela mantinha uma cumplicidade capilar, mais propriamente entre uma glândula e cabelos, e a paisagem que a glândula por baixo alimentava era no corpo uma visão indecifrável, Samuel, ao abeirar-se das piscinas, observou o que nelas parecia contribuir para a tornar ainda mais hermética, as piscinas apoiavam-se-lhe à glândula com toda a transparência já quase ao de cima, o que nelas houvesse de escorregadio mais não era já[139] que um sentimento, um buraco na alma onde a paisagem se tornava convulsiva, corpo a que a paisagem rebentava com os sentidos, dir-se-ia um mundo em cujas partes se inculcassem as esfaimadas lágrimas de deus, a carne a que por dentro alguém juntara lacre abria agora no passado um lastro para a redenção, a carne — não havia a menor dúvida — emergia do passado onde, logo a seguir, voltava a mergulhar com toda a força, e era um facto que as piscinas ajudavam a entender,[140] Samuel sentia-lhes as bordas[141] coincidentes já com as[142] dessa ideia onde a manhã se concentrava até romper, e onde ele imaginara erguer a narrativa havia agora apenas cores que nos ouvidos se alteravam antes de chegarem à visão,[143] cores que no ouvido se dessedentavam, Samuel, olhando-as, intuiu que, para que o mundo fosse árvore, já só faltava a seiva dos sentidos.[144]

O chão feria a alma enquanto o céu, por dentro da consciência, se estendia até perder de vista, um céu meio apoiado, ao centro, em plena cor, que era a de um cão lambendo o asfalto, um cão a cuja fome o céu se poderia comparar,[145] um furo das estrelas às entranhas («nunca vi, madame, entranhas mais angelicais!»), um céu que se tivesse ali desenvolvido por obra e graça dos sentidos, a rapidez com que ele surgia e se agarrava aos sentimentos dava náuseas, Samuel apoiou-se à balaustrada, em frente era o deserto, a estrada ao romper do céu ia seguindo a escrita, Samuel imaginara que, aquecendo as páginas, a escrita as imbuiria com menor dificuldade, ou que as palavras vinham a boiar, o problema estava apenas em saber se, terminado um caderno, a realidade seguiria[146] a escrita na passagem para outro, entre uma folha e outra abria-se um abismo, entre um caderno e outro uma ferida, Samuel sentia o céu a entrar na cicatrização, descer através dela à alma,[147] à chama da saliva a cuja luz o filme ali se projectava, o que podia acontecer com toda a força, a realidade variava consoante a força com que a luz a projectava, ou a encostava ora ao passado, ora ao presente, às vezes as imagens pareciam arrancadas aos écrans, em carne viva, «não me diga que nunca viu um cão ladrar para dentro, uma pessoa a falar para dentro já viu com certeza, ora um cão é precisamente a mesma coisa», às seis da tarde o céu está desfeito,[148] só restava o alcatrão, a estrada: a cinquenta e cinco graus o asfalto entra na alma, o alcatrão absorve a realidade, à superfície fica só a sombra, e assim enquanto os olhos choram o coração repousa. Samuel, que a todo o custo e sem qualquer sucesso procurava desviar o tempo do imperfeito para o perfeito e desse modo abrir caminho à narrativa, viu que o alcatrão se lhe colava e recordou-se daquele sol que alcatroava o coração, fazia-o de A a Z (aqui por antecipação), imaginou então que era possível inverter a narrativa, a realidade, depois de a acertar como um relógio — um dos ponteiros era a narrativa, o outro a descrição (ambos agora ali coincidentes).[149]

Samuel, sentado num banquinho, com quantos sóis trazia na memória[150] ali todos acesos (um deles ganhara a forma do destino, um outro[151] a de um enigma, ambos agora ali resplandecentes), fitou, primeiro, o rio, onde as colunas assentavam com toda a imparcialidade (e a própria imagem de quem da balaustrada a contemplasse parecia imparcial), depois a praia, ainda suja do que o rio nela há uma semana despejara,[152] um rio que já só ali corresse[153] por um excesso de sentido, uma necessidade da alma, e sobre o qual a ponte alçava os arcos esfomeada, e era por haver tanta natureza no mar como no campo — pensou Samuel — que ele ali estava,[154] o livro a cintilar na sua contenção, a luz dos cais que às seis rendia o sol moldando-lhe a memória, ou invertendo-lhe o sentido, e quem então de baixo,[155] desde o chão, a contemplasse achá-lo-ia um labirinto, emaranhado de ruelas como as da cidade onde Samuel ia tentando, em vão, desactivar o tempo, uma das quais lhe chegou mesmo a abrir um rombo na memória,[156] o ruído das traineiras a largar ou a atracar, e ao tornar a voltar-se a luz mudara, ao rebentar o mar escurecia, era um excesso de luz o que o fazia rebentar, a força que trazia das entranhas aspirava o mundo, entre o silêncio e o coração a solidão erguia um arco que a seguir lhe mergulhava nos sentidos, utensílios através dos quais era possível extrair a alma — havia gente a quem a extraíam através da boca, outra do cu —,[157] uma palavra escrita no início reaparecia agora ali[158] como se, tendo atravessado subterraneamente toda a narrativa,[159] ali de súbito emergisse das entranhas do romance, Samuel abeirou-se dela com cuidados de arqueólogo, era a palavra «mar», uma palavra que, imbuída de passado e de futuro, detonava no presente, a força que os primeiros lhe inculcavam era uma pilha carregada na memória, uma pilha entre os seus poros, afinal a realidade era o mais fácil de inventar, ia direita ao coração.

Por baixo dos correios era o trono, Samuel dava-se ali ares de monarca, as linhas todas esticadas, as do livro e as do destino acompanhando as telefónicas, Samuel engolia com a memória, ou não era Samuel mas outro homem (pouco importa), em todo o caso um homem de índole pacífica, entre índole e carácter o seu corpo conseguia abrir passagem, era alguém que, para ver dentro de si, necessitava de uma lâmpada, uma lente, um rio que, com implacável precisão, lhe verrumasse a alma e no espaço assim aberto instalasse a seguir todo o seu peso, a manhã contorcida até ao fundo,[160] alguém que, ao comer, mas sem que de tal se apercebesse, mastigava pelo interior dos olhos, sentia-se-lhe a cristalização da comida na garganta, os alimentos ocupavam-lhe os sentidos, a comida era a visão □[161]

□ o asfalto a desprender-se do infinito,[162] as cores agarradas a uma interior necessidade que as tornava a todas brancas nos sentidos, também nelas havia qualquer coisa de alfabético, mas em grego, de alfa a ómega, bastava o coração aproximar-se para que elas começassem a falar, faziam-no para dentro, como que para si mesmas, e Samuel, ao caminhar entre elas, sentiu que o chão era sorvido pelas entranhas, e que ele próprio, como se elas assim o contaminassem, caminhava agora para dentro, os passos iam-se-lhe tornando roucos, gagos, tartamudos, passos pelo interior dos quais se pressentia um cair de água,[163] e na verdade chovia tão torrencialmente que os peixes, sem se darem conta, emergiam dos lagos e dos rios e nadavam no ar, e um deles entrou-lhe através do ouvido para a cabeça e ganhou o costume de, de cada vez que Samuel se olhava ao espelho, lhe surgir nos olhos, ora num, ora no outro, fazendo imensa troça do ar atónito com que ele então ficava. Certa vez em que Samuel, apercebendo-se de um camelo à beira-rio, decidiu aproximar-se, constatando que o animal estava a devorar um frango cujos ossos, à medida que comia, ia cuspindo para a água, o peixe soltou uma tão estridente gargalhada que o camelo fugiu espavorido e o frango voltou instantaneamente à vida.[164]

Samuel olhou nos copos a cerveja contundida (alguém a dissera «condoída»), era do outro lado que a bebiam, o céu ele já também cor de cerveja, a carne entrara nos transístores, abafava[165] a voz dos locutores, a essência entrara-lhe nos canos, explodia, e entre índole e feitio havia um precipício, uma fissura onde o seu corpo deslizava, uma ravina onde ambos, índole e feitio, pareciam na iminência de ruir, desmoronar-se, entre índole e saliva, □[166]

A carne entrava pela memória e saía ao rés do tempo, às vezes encravava, a própria idade nessas ocasiões ficava ensanguentada — Samuel lembrou-se então de amigos seus que, para viajar, o que frequentemente faziam juntos, punham a sensibilidade em comum, chama que num deles ardesse consumia os outros todos e o que um deles dissesse era uma corda na vontade dos restantes — carne de alto a baixo atravessada pelo tempo — , a idade fulminava, trazia de repente o mar de dentro para fora,[167] onde ela própria rebentava — , paisagem que um deles visse era visível por eles todos a partir de um ponto que eles tinham em comum e donde a própria esperança então rompia, avassalava. A própria chama era excrescente, fulgurava desde a essência até à excrescência, espelho que entre ambas fosse apanhado enegrecia instantaneamente, entrava pelas imagens e sumia-se na sua própria essência reflexiva, um relógio avermelhava o tempo, ora adensava, ora tornava as horas mais ligeiras, ora as unia a todas num vazio onde elas se entredevoravam arrastando atrás de si a realidade que se dava assim ares de emprestada, vinham pessoas de muito longe ali só para ver, chegavam em excursões, no meio da intempérie, entre os hangares desafectados, a manhã cobria-lhes a roupa, era uma forma de ressaca antecipada, um sol que viesse ali brilhar por antecipação, traziam o coração queimado, unido a minas donde a realidade vinha à superfície □[168]

A cal do casario refulgia, mas — pensou Samuel — era como se o branco fosse só branco num sentido, e no outro outra cor, ou nem cor sequer, algo de abstracto, e fosse por aí que entrava na ficção — ao nível a que as coisas se passavam tudo isso era possível. Mas eu já daqui estou a ver as reticências do leitor, entram na água (Samuel, de resto, conhecia quem, cheio de escrúpulos, os tentava lavar — as sensações passavam velozmente duns para os outros, todo o corpo lhe brilhava através dos escrúpulos).

ROMANCE

A noite era uma ferida, uma chaga, uma cratera por onde passava a traição,[1] a cobardia, o desastre. Uma ferida que tinha a solidão por crosta e como único bálsamo as intermitentes pinceladas do farol ou, nas noites em que o nevoeiro acentuava as trevas, o apelo da ronca que, brotando do invisível,[2] se diria a sua expressão mesma, carregada de mistério e tão arrepiante quanto consoladora.

Fechou os olhos. Viu um vasto armazém quase nas trevas e repleto de caixões, sobre os quais giravam, lentamente, as pás de gigantescas ventoinhas.

Quando o espírito se lhe encrespava e as vagas lhe vinham rebentar na pele, o coração-falésia, o coração-desfiladeiro, agarra-te! segura-te!

□ imagens de que lhe ficava no espírito o ressaibo, o ranço, o ranço da memória vinha-lhe à boca, misturava-se com o pão, pão da memória, pão em contacto directo com a memória □

Frequentemente acordava com a sensação de ter sonhado com animais. Esboços, etc. Beijava-os nos beiços.[3]

E se não fosse mesmo carne? Se fosse apenas um simulacro? Se não fosse carne verdadeira? Se fosse carne falsa? Autêntica, genuína? Ou falsa, um arremedo de carne? E legítima, ou bastarda? Transubstanciada? Sua ou alheia? Poderia fazer sua a carne alheia? Encarnar? Sentiu um motor. Era o da carne? O da carne consumindo o sonho (como um combustível) ou, vice-versa, o do sonho consumindo a carne?[4]

Atraía as imagens através da respiração, como uma bomba dum poço,[5] fazia-as de súbito afluir ao espírito e jorrar em abundância, transbordar.

A carne começava a ficar húmida, pegajosa.

Apenas uma letra, um lapso, uma gralha, nos pode engrenar noutra realidade, como um desacerto nas agulhas de uma via férrea, descarrilar. Poderá a carne insinuar-se nos sonhos, enfiar através das frestas dos sonhos os seus tentáculos, as suas ventosas, protuberâncias, excrescências?

Poderia a sua própria carne amordaçá-lo?[6] Um espaço vazio, gelatinoso, ou antes, um aperto, um estrangulamento, por onde as imagens não passavam.

Por vezes o que ele escrevia começava como que a ocultar-se, a deslizar para debaixo não se sabe bem de quê, da página? das pedras?, a ocultar-se, a retrair-se, a furtar-se ao sentido, a embranquecer.

Uma escrita que, para ser compreendida ou apreciada, necessitasse de envelhecer, como se o que nela fosse novo a afastasse dos leitores, impedindo-os de ver o que nela houvesse de essencial[7].* Envelhecer como o vinho e não como em princípio da escrita se diz que envelheceu.

Pensando num preto com quem fizera amor, fechava os olhos para que a sua cor assim se refizesse dentro dele e o penetrasse a fundo.

Subiu os degraus dois a dois □

Livro — aberto à redenção □

□ no ardor de cujas letras se consome a vida,[8] o seu destino □

Raio de sol reflectido no bule projectou-o para outra dimensão, onde o gotejar da torneira □

O presente se dilata, a cama esbeiça-se □

* Uma nota do autor alude a Mário de Sá-Carneiro e Marina Tsvetaeva. Veja-se a passagem completa na nota de fim.

Em qualquer das gavetas irradia o núcleo da sua vida □

Romance/vida sobrepostos, pequenos desajustes, fissuras tão estreitas que através delas só passa a alma □

Qualquer gaveta dá para um abismo.

Cordas, cabos, através dos quais o som se amplificava, e o silêncio se amplificava □

Manteve-se lua cheia ao longo de cinco noites, bastava arrancar ervas do chão para o luar jorrar (impregnar tudo) □

A vida[9] nos absorve até aos ossos, nos cinge os ossos, rente aos ossos □

A carne que poderia estar num trono, entre o pardal e a águia, a apodrecer ali, amordaçada, sem sequer um pouco de água à sua beira. F. encheu no lavatório um copo e veio colocá-lo junto dela.

O sol conheceu o ocaso (o acaso)* □[10]

O tempo era a mordaça.

A carne, onde o céu se activa □

Será discutível que o vidro constitua a substância que melhor se presta ao exercício da autobiografia ou, dito isto noutros termos, mais dúctil à corrente autobiográfica. Em todo o caso, registava próximo dele, como se assim na página se pudessem incorporar, senão ele próprio, pelo menos as suas propriedades essenciais, e fosse possível ver através dela os principais episódios da sua vida como através das vidraças as contas luminosas das traineiras alinhadas no horizonte e, a espaços, o clarão do farol.

* O autor remete para a escrita do Padre António Vieira. Veja-se a nota de fim.

Alguém, vindo de trás, tocara-lhe ao de leve no ombro, e ele sobressaltara-se como se aquele contacto desse passagem à corrente da memória e lhe fizesse afluir ao cérebro imagens há muito sepultadas. Imagens que logo refluíam no sangue — e atrás de si deixassem o próprio ambiente circunstante meio destruído, como se os seus contornos, ainda há pouco nítidos, se esfumassem, ficando apenas como que esboçados, a única nota contrastante sendo dada pela presença infatigável do mar.

Estava ali talvez há vinte e quatro horas,[11] mas também podia ser há um ano. Tanto podia ser a primeira vez como a milésima — a dimensão temporal estava suprimida, eliminada.

Como se aquele contacto desse passagem à tarde e esta assim lhe invadisse o espírito.[12]

A janela era um espelho e o que através dela era captado poderia sê-lo por qualquer outro mecanismo pendurado na parede que transmitisse o mar.

A velocidade a que o mar paisagem se lhe impunha[13] era maior numa das janelas que na outra e daí que, embora o panorama fosse sensivelmente o mesmo e o ângulo de visão pouco divergisse, a sua percepção através delas fosse totalmente diferente.

Encontrava-se, com tudo o que havia no quarto, num dos pratos de uma balança de que o outro prato sustivesse tudo o que se descortinasse, ou mesmo adivinhasse, através da janela, no exterior.

Injectar mais realidade no exterior, ou extrair do interior, para se erguer — ainda que não soubesse ao certo o que, neste contexto, fosse erguer-se.

Tapete esfiapado, paredes e persianas a precisarem de pintura, e à frente da porta do restaurante/café contíguo à recepção,[14] um toldo desbotado, sob o qual, ao longo da parede, se alinhavam quatro mesas.

Era nesse mínimo de realidade que ele iria procurar levar a cabo o que há muito se furtava a qualquer consecução: arrancar ao invisível formas capazes de competir com as dessa mesma realidade.[15]

Em tudo o que se avistava da janela, os bancos, as cabines balneares, o marco de correio, o chafariz, o forte, a cabine telefónica, as árvores, as estacas das barracas agora recolhidas, havia uma potencialidade narrativa em que por vezes os próprios vidros da janela se incorporavam, quando não se limitavam a acentuá-la.

Procurava, para escrever, uma situação ideal — a qual evidentemente não existe. Estamos sempre no coração da contingência — dos caprichos do nosso corpo e das circunstâncias que nos rodeiam.

Não estava certo de que, ao captar a paisagem através da janela aberta, ou ao captá-la através das vidraças, não equivalesse uma alteração verbal, do indicativo ao conjuntivo, por exemplo.

Havia o risco de uma distorção na captação da realidade.

Cafés das docas, junto à lota.

Incessante vaivém de traineiras, arrastar de caixotes nas descargas, nos cafés o ruído dos televisores, rapazes de motorizadas, algumas rebocando atrelados repletos de caixotes, em jeans e blusões de cabedal, fumo, flippers e outras máquinas que aumentam o barulho.

Cabos de mercúrio que desembocavam em pequenas câmaras.[16]

Sacos de areia e de cimento.

Ritmo da paixão, do esplendor, da ternura, da memória.

As mesas, as cadeiras, os guarda-sóis, tudo aquilo fazia parte da pele do mundo.

E sob a pele do mundo outra realidade germinava.

Envolver tudo em ligaduras, adesivos, gaze. Não se sabia se para o ocultar (e ajudar a cicatrizar) qualquer ferimento, se para os proteger de qualquer calamidade[17].*

O efeito dos néons[18], dos anúncios luminosos sobre a gaze.

Ao escrever, misturava com as palavras objectos susceptíveis de se fixarem à página, entre os quais se contavam pregos e adesivos, que no ponto onde se encontravam adquiriam um significado que isolados jamais teriam e que, por outro lado, jamais qualquer palavra poderia substituir. Havia complicados arames, agrafos, fios de costura onde as palavras subitamente se enredavam, mas de tal forma que o que neles era aparentemente irredutível a qualquer código linguístico era por elas como que absorvido, adquirindo uma função idêntica à da pontuação, a qual, se autonomamente é destituída de qualquer significado, confere ao texto uma série de valores — inflexão, entoação, reverberação, eco, ênfase, sugestão.

Assim, para escrever, munia-se não só de lápis e papel, mas também de pregos e martelos, alicates, estiletes, pioneses,[19] etc. Perfurações, pontilhado, incisões.

Dir-se-ia que todos os animais não só daquela localidade mas de toda a região haviam sido sacrificados e se fazia a exibição desse sacrifício com qualquer propósito encoberto. Em cada um dos postes ao longo da marginal, encontrava-se pendurado um animal, cães, gatos, galinhas, porcos, cabras, muitos deles aludindo a episódios da crucificação ou degolados, vendo-se por baixo um charco de sangue onde de noite a luz dos postes ia reflectir-se.

As pessoas acotovelavam-se à volta da camioneta que, depois de descrever uma grande curva para contornar o chafariz, e no meio de

* Luís Miguel Nava remete, aqui, para a obra do pintor Stephen Buckley. Veja-se a nota de fim.

uma nuvem de pó, acabara de parar no terreiro — malas, cestos, trouxas, seiras, sacos, entre gritos que não se percebia se eram apelos ou injúrias, contracções nos rostos, gesticulações.

Animais mais exóticos — juraria que num dos postes mais afastados se encontrava suspenso um veado, um rinoceronte, mas era provavelmente uma ilusão. Tudo aliás poderia ser uma ilusão — as próprias carcaças das galinhas, cães, perus, poderiam ser uma ilusão, a qual, tendo tomado conta dos seus corpos ao ponto de neles ter tomado a vez/fazer de sangue, como que lhes emprestava uma realidade que se desenvolvia de dentro para fora, aureolando-os antes de gotejar nos charcos.

O céu esganado — onde quer que qualquer objecto, nomeadamente as entranhas de uma pessoa, o tenha absorvido ao ponto de nele não deixar no espaço mais do que uma imagem, uma espécie de lembrança.

Bastava associar à percepção do que o rodeava um determinado número, por exemplo o número sete, e radicar nessa associação toda a sua apreensão (todo o seu processo sensorial), para, uma vez que alterasse, por muito ligeiramente que fosse, esse número, digamos que de sete para seis, se produzir uma profunda mutação no espaço, do qual se poderiam assim explorar todos os matizes,[20] fazendo variar os referidos números por vezes de uma forma quase imperceptível — sete, seis, seis e meio.

Não era crível que, se aquela azafamada multidão — composta de vendedores, feirantes,[21] ininteligíveis pregões — o vislumbrasse através dos vidros — o que desde logo era muito pouco provável, de tal modo se encontrava absorvida pelo que entrava e saía dos porões da camioneta —, o vitoriasse numa súbita explosão de apreço.

Todos os sonhos estão perto da água.

... aplicar[22] a descolar um sonho.

… a matéria onde se incrusta um sonho.

… as metástases de um sonho.

A alma atravessa-se nos fios.[23]

O *zeug* começara-lhe a envenenar os sonhos. Como um pequeno dispositivo, de uma forma anódina e discreta cuja presença quase passasse despercebida,[24] previsto exclusivamente para esse efeito, mantinha-se afastado, como que à margem, a humilhar-lhe os sonhos, absorvendo-lhes por dentro a substância e exercendo sobre eles um implacável poder de retracção que os consumia, à semelhança do sol que, uma vez entranhado nos sonhos, deles se vai alimentando ao ponto de irradiar mais sonho do que luz.

A sua angústia às vezes era de tal maneira funda que mesmo os barcos de maior calado nela poderiam ancorar.

… elementos de que a manhã se fizesse a amálgama para melhor sangrar.

… o mar, dir-se-ia preparado para a santificação.

Lembrou-se de um dia em que, atravessando de barco um rio com um amigo por quem se encontrava apaixonado, o rio começara a correr pelo interior dessa paixão.[25]

Sentia-se num quarto minado por um cancro de que as janelas fossem as metástases.

Acordou com a boca cheia de vermes e excrementos □[26]

Ao longo da caleira, o mundo começara a descoser-se.

De um dos quartos, chegava-lhe aos ouvidos um recitativo, alternando com o som de um cano[27] ou o ranger de uma cama. Dir-se-ia que rangia sob o peso do mundo.

Ao lado do livro abrira-se um abismo.

Interiormente atados à treva do corpo, os olhos obstinam-se em absorver a luz que os cerca.

O coração esganiça-se.[28]

À noite, no escuro, entrava-lhe por debaixo da porta, vinda do corredor, uma réstia de luz, denunciando-lhe a presença de deus.

Maçã sobre a mesa — fosse o contrapeso graças ao qual toda a realidade circundante se equilibrava e, ao equilibrar-se, manifestava o seu peso interior.

O arroto dum cano.

A pulsação da realidade.[29]

... saísse da parede um olhar, um olhar que viesse pelos fios, pelo telefone, pela rádio, ou pelos canos, um olhar que ocupasse o lugar do som, esse seria talvez o olhar de deus.

A realidade olhada é diferente da que não o é.

O olhar faz corpo com a realidade.

A realidade ardia nas raízes.[30]

Pesar as imagens, medir a pressão das imagens,[31] calibrar as imagens.

Frascos cheios de raízes.[32]

No início havia um plano, mas também a dificuldade da primeira frase. Primeiras frases de romances célebres: *D.Quijote*, *Recherche*, *Cem Anos de Solidão*.[33] Este livro começaria não por uma frase, mas por um sublinhado. Um sublinhado introduzido no meio doutro livro, a cujo interior seria necessário ir procurá-lo, e que alteraria logicamente as palavras desse outro livro, cujo sentido passaria assim a ser indissociável daquele que através delas, ou do que nelas era uma diferença introduzida pelo sublinhado, principiava.

Há objectos esquivos, que se furtam, como se estivessem numa realidade de que o presente fosse o substracto, mas também numa outra, ubíquos, e que, graças a essa ubiquidade, deixam transparecer uma certa força, um certo peso que é da ordem do abstracto □[34]

Esse pedaço de carne[35] lhe passou pelo inconsciente, de que, assim desamparado no prato, deixasse transparecer as marcas.

Ratos mortos □

Silos, debulhadoras, condensador.

Há obras que, como relógios, depois de andarem acertadas muito tempo, se começam a atrasar. Quem nelas tenha sempre os olhos postos não se aperceberá.[36]

As montanhas, etc., exasperavam-no,[37] as coisas que se prestavam à descrição exasperavam-no[38] e estranhava que essa exasperação se lhes não comunicasse (aos objectos), porque não há objecto cuja imagem nos atravesse os sentidos que instantaneamente neles não ganhe raízes.

Olhava com tal intensidade as coisas que acabava por as sentir na língua, nos ouvidos, apropriando-se de toda a sua interioridade □[39]

Como uma halografia da alma □[40]

Algures todos esses objectos comunicavam entre si, intuía-se através deles uma realidade noutro comprimento de onda, noutra velocidade.

A minha própria carne que me é inacessível, esse «amas»* de sangue e visco.

* Do francês, com sentido de *amontoado, pilha*.

Sabia estar a viver um romance que algures alguém andasse a copiar.

Era um homem magro, demasiado magro[41] e em cujo corpo apenas os olhos pareciam extraordinariamente desenvolvidos. Dir-se-ia ter sido a sua própria visão que o descarnara, o devorara até aos ossos.

Sabia que, onde quer que o poisasse, o livro ali ficaria, aberto à redenção.

O livro e a carne confundir-se-iam.

Podia dizer-se que era uma precipitação de imagens, vários momentos do passado a atropelarem-se, a disputarem entre si a primazia do presente, e a fazerem o coração trabalhar ao seu ritmo.

Os olhos comunicam com as entranhas, com o intestino.

Nos meandros do seu espírito a árvore de que a realidade era o fruto.[42]

Adormeceu. Surgiu no sonho uma serra eléctrica cujos dentes se engataram nas anfractuosidades do sonho e o fizeram rodar ensurdecedoramente,[43] e a própria luz que do exterior a realidade sobre ele reflectia transmutou-se em treva.[44]

Água comida[45] □*

O simples facto de dois exemplares de determinado livro estarem poisados em determinado sítio[46] conferia às obras de que eles eram meros exemplares um «rayonnement»[47] que se fazia sentir em quem quer que as lesse, através doutros exemplares e em qualquer outro local, mesmo longínquo, ou em qualquer outra época**.[48]

Objecto — o simples facto de o poder pensar[49] (de poderem ser pensados) é já uma falha, uma lacuna.

* O autor remete para uma carta de Pasternak a Tsvetaeva. Veja-se a nota de fim.

** Nava faz duas notas sobre Rilke e Tsvetaeva, neste parágrafo. Veja-se a nota de fim.

Olhava os objectos e os objectos ressentiam-se desse olhar, o olhar abria neles uma ferida, fazia-os sangrar, e quando eles, ainda mal refeitos desse olhar, eram descritos, as palavras que os descreviam reabriam a ferida, era a ferida do mundo, essa fenda através da qual tudo se perde e onde as trevas se enraízam, a robustez das trevas.

A sua consciência ora era invadida por uma espessa névoa à tona da qual só de quando em quando parecia emergir uma cadeira, um lápis, um cinzeiro, ora, aparentemente desanuviada, lhe revelava um mundo cujos contornos eram cortantes como facas, um universo glacial, metálico, donde tudo o que pudesse ser assimilado à alma houvesse desertado e ante o qual o seu próprio espírito parecia retrair-se e a sua própria carne desumanizar-se, transbordando ensanguentada da consciência[50] em espessos borbotões que invadiam a atmosfera,[51] a luta que então entre ela e o espaço se travava era terrível, dir-se-ia devorarem-se um ao outro, a consciência a despejá-la por todas as válvulas.[52]

A carne acesa como um rádio, com toda a estereofonia dos sentidos à mostra.

A janela atrás da qual o coração se despejava.

— Saía-lhe a alma pelos ouvidos, era uma coisa inacreditável de se ver, o homem girava, girava, e à medida que girava a alma saía-lhe pelos poros, e volatilizava-se, e com ela tudo o que nela era solar, só as trevas lhe ficavam no corpo, assentavam-lhe como uma espécie de borras no fundo do coração.[53]

— Enquanto o tempo passa, ainda agora o coração se lhe formava e já cheio de treva.

A carne extravasada da consciência,[54] e em relação à qual os móveis adquirem como que uma súbita responsabilidade, como quando a mergulhamos na banheira e as sombras ficam a boiar,[55] a carne irredutível, rasgavam-se nelas as janelas através das quais o mundo se engolfava, a coesão dos mastros no horizonte, as imagens das □,[56] dos cabos, dos reboques, □

□ naquele quarto que era como um alto-forno onde se lhe coziam as lembranças □

□ por vezes, o fluxo de súbito estancava, como se na alma, ou na realidade, deixasse de haver pressão (e a chama da carne deixasse de disparar — o que suscitara tal reflexão fora um banal esquentador que vislumbrara na cozinha).

A roupa a que não chegava, a luz do farol que intermitentemente lhe varria o tecto do aposento, a menos que o fizesse a partir de dentro (como saber o que se passa no interior de uma gaveta fechada? que reminiscências há na roupa do contacto da carne que por dentro a iluminou, lhe deu vida?).

A realidade perfurava as coisas através de canais que não vedavam.

O rosto da sua mãe boiava entre os objectos, puxado[57] sabe-se lá por que cordelinhos da memória.

Desenhara-se-lhe na carne uma cruz a que o passado agora dava consistência, era uma cruz faminta que, ao resplandecer, lhe consumia todos os resíduos que na carne subsistissem da memória.

Há pessoas (ou obras) por quem seríamos capazes de empenhar o destino.

Ouviu algures dentro de si uma voz que, em tom de impaciência, lhe bradou: como é que tu não vês que são letras bebés?! Eram, com efeito, letras incipientes, com as quais as palavras mal se chegavam a esboçar ou, se se formavam, era para logo a seguir de novo se diluírem na brancura, devoradas pelo papel, pelo sentido, pelas trevas do próprio sentido delas, que das suas insondáveis raízes as sorviam, fazendo-as abortar à superfície do real.

Procurou nos bolsos a chave, como se também neles se encontrasse a fechadura.

O mundo graduava-lhe as entranhas, que aumentavam de acuidade.

Ao alto, um postigo, através do qual, enquadrado, se entrevia um céu de África.[58]

O penetrante odor da casa de banho, que ele atribuíra aos canos, perplexo quando lhe explicaram ser da maré-baixa. Na realidade era dum rato morto que no dia seguinte encontraram debaixo da banheira.

Pesavam-lhe as entranhas na consciência.[59]

Fechou os olhos, era como se as suas entranhas fossem as dum cão. Ao reabri-los, sentiu engolfar-se através deles um punhado de imagens,[60] que se diluiu antes de lhe atingir o espírito. Os seus olhos faziam com elas o que a boca faz com o fumo: absorviam-nas e expeliam-nas sem que delas lhe ficasse no espírito mais do que uma ligeira embriaguez. Viciara-se em imagens. Mas aí já a narrativa ia embalada, há que recuar algumas braças, para que o leitor a possa acompanhar.

Um homem que vemos a escrever, sentado, sozinho, numa esplanada, é como uma longínqua janela através da qual não conseguimos lobrigar o interior. Que mundo estará ele a desvendar ao fazer a esferográfica correr assim sobre o papel? As pessoas, em roda, olham-se com estranheza, perguntando-se a que intimidades, assim alheado da realidade circundante, ele estará a ter acesso.

Havia ocasiões em que, olhando pelas janelas, a via, lá fora, poisada na areia. Era a carne impretérita. A chama do passado recozia-a.

O cheiro de madeiras aquecidas.

A morte cujas vertentes se aproximavam ou afastavam consoante os dias ou as horas, por razões que ninguém lograva decifrar, mas que havia quem afirmasse terem que ver com o pensamento de quem as atravessasse. Nuvem esgalgada que se esgueira entre a garganta.[61]

Casas cujos vidros, emanando do próprio espírito de quem as habitasse, se encurvavam ora para dentro, ora para fora, como protuberâncias através das quais a realidade, aos olhos de quem do interior a contemplasse, se deformava.

Assim que deu alguns passos na rua, assaltou-o a estranha sensação de que estava a «chover de cor».

Um deles falava com maiúsculas, o outro em itálico.

Há em tudo na vida, em cada objecto e mesmo em cada acto nosso volvido objecto, uma força interna que o impele para outra realidade, como os objectos que se encontram debaixo de água são arremessados para a superfície.

Só gostava de fazer amor com quem cheirasse mal, de preferência com quem tivesse mau hálito, que ele se esforçava por repertoriar e sistematizar (de alimentos — quais —, de álcool — vinho, aguardente, whiskey, cerveja —, de fome, de muitas horas ou dias de estômago vazio, ou de dentes podres, gengivas descarnadas ou enfermas), mas também a suor, chulé, ranço, de quem estivesse sujo, não se lavasse, de sexo mal lavado, mas sobretudo dos cheiros vindos do interior, exalações das vísceras, julgava-se um «expert» em peidos e arrotos.

Deitava-se nos parques ou nas estações junto aos maltrapilhos, encostava-se a eles de noite a pretexto do frio de que alguns tentavam defender-se com folhas de jornais ou bocados de cartão, ao longo dos passeios junto ao rio, o frio que lhes comia os ossos era para ele uma benesse, proporcionava-lhe o ensejo de, entre dois corpos, sentir os respectivos cheiros misturarem-se em diversas graduações consoante a direcção em que apontava o nariz e o tempo que ali se demorasse.

Era como se entre os dentes remoesse o seu próprio sonho, um sonho que lhe tivessem servido já sonhado,[62] demasiado sonhado para dele poder ainda retirar qualquer sabor.

A questão não era fácil, podia enunciar-se nos seguintes termos: não sabia o que é que se passava. Havia, é certo, o quarto, os móveis, o lavatório, o espelho, é claro, a cama, as mesas e as cadeiras, a roupa, as janelas, o exterior e o interior, tudo isso ele sabia, mas ignorava o que é que isso essencialmente significava, qual o seu sentido intrínseco, de que maneira tudo isso se cruzava com a sua vida, apertava as malhas da realidade. Havia a porta, por trás da qual havia o estreito corredor, depois as escadas, ambos percorridos por uma passadeira meio puída e a que nalguns degraus faltavam já as travessas,[63] e iluminados por uma luz mortiça que se insinuava por baixo da porta, mas por mais luz que ali houvesse ele sentia-se às escuras e, embora visíveis, os contornos dos objectos eram inteiramente cúmplices das trevas, para cujas profundezas pareciam atraídos sem que ele tivesse a mínima possibilidade de os fazer vir à tona. Quatro paredes que, na solidão, alguém que ali estivesse talvez as humanizasse, as palavras que ele rabiscava nas folhas de papel recusavam-se a iluminar o espaço,[64] a atrair ali o mar[65] que vislumbrava das janelas a uma distância mais densa do que as trevas, ele jamais ali viria rebentar, por mais que ele escavasse a página jamais, como na areia, ele brotaria, estava confinado ao mundo, a uma vida de que aquelas quatro paredes, e mais do que elas o seu terrível número quatro, eram a perfeita imagem, mesmo as janelas dir-se-iam débeis, impotentes, destituídas de qualquer forma de energia. Contemplou o espelho e o jorro do seu espírito enegreceu-o.*

A carne a que se afeiçoara o céu, visual até às suas mais íntimas entranhas/ao âmago, como que magnetizara o ambiente, concedendo-lhe uma profundidade suplementar, um suplemento de trevas de que os objectos não se podiam refazer,[66] a carne como que orientava tudo o que a cercava, impunha uma certa ordem ao espaço, ao interior e ao

* O parágrafo inclui notas do autor com referência a Vallejo, Pasternak e Tsvetaeva.

exterior, aos vidros com que se consubstanciava, que reduzia ao seu raio de acção, às suas limitações, tudo cingindo à sua condição de carne: um gato mia, está fora das suas possibilidades ladrar, tal como um cão não mia, há entre ambos uma fronteira intransponível, a das suas respectivas contingências, e isto, que é fácil de observar no que respeita aos seus modos de expressão, é igualmente válido para o modo de absorver o mundo, de o iluminar, de o conceber dentro de si, assim a carne posta frente ao mar o absorve e incorpora de uma forma em que as águas se misturam com as trevas,[67] não há para além disso qualquer outra realidade, há talvez movimento, a intrínseca velocidade com que cada objecto se lança no nosso espírito e dele se impregna.

O tempo eléctrico, magnético, sobre o qual qualquer objecto, das chávenas aos copos, dos talheres aos pratos, se tornava um símbolo, alta tensão cujos postes se distribuíam equitativamente pelos sentimentos, assim onde a esperança adquiria os contornos da piedade ou a ambição os do ódio, como se entre eles uma selva repentinamente proliferasse e na espessura se confundissem os limites (as fronteiras).

Como se, de noite, ao recolher a roupa do estendal, a lua lhe viesse agarrada e, de dentro do alguidar, fosforescesse depois nas trevas da cozinha.

O acaso entrou na madeira, que dilata, fazendo-a estalar. O acaso e o tempo. *Le hasard.* A madeira torna-se *hasardeuse*,[68] arriscada. O risco cerca os móveis, sitia-os.[69]

Escrevo no vazio, onde o meu livro me devora, onde a carne se expande.

Deus falava através dos objectos, dos móveis, dos espelhos, do lavatório, da jarra, da roupa amarrotada na cadeira, Deus exprimia-se através da madeira, do vidro, da porcelana, do plástico, exprimia-se em plástico, em estuque.

O mais difícil de alcançar é a intimidade da matéria, não propriamente a da madeira ou a do mármore, mas aquela, inomeável, que cada um dos nossos gestos, actos e acções quotidianas oculta, entenebrece.

Propunha-se, através de uma minuciosa descrição do espaço, de uma exaustiva enumeração dos objectos, descrevendo-os tintim por tintim, restituir a nitidez dos seus contornos.

Os variáveis graus de realidade a que cada um dos objectos, consoante o momento, se encontrava.

Sentia a flexibilidade do passado competir com a do seu espírito, cujas formas,[70] consoante o peso das lembranças, se esticavam ou encolhiam.

Quando engolida a luz bate no estômago.

☐ uma luz cortante ☐

A carne exponencial ☐

As fendas recentes, através das quais o passado entrava em catadupas, o sopro maternal nas garrafas prendem-se aos ramos, às folhas, como se o passado se esfiapasse, esfarrapasse, e pedaços seus ficassem presos às ramagens ☐[71]

☐ entrincheirado no sono ☐

A carne atraiçoava-o, ali em cima da prancha, célula a célula, atraiçoava-o, meio metida no sono,[72] abria o sono, dir-se-ia que nele criava raízes. Carne que sem qualquer vergonha o atraiçoava.[73] A carne de súbito irrigada pela ficção que eles conjuntamente estavam a viver.

A carne auricular, ocular, olfactiva, gustativa, ali, na prancha, como se tivesse absorvido o mundo ☐

□ a realidade que se consubstanciava no som[74] de um motor na distância, meter uma mudança, a vida que passa a outra velocidade □

□ e o céu que parecia encurvar para lhe ficar mais próximo, e às vezes a aflorava, a penetrava, todos os objectos do quarto, a cama, a secretária, as mesas, as cadeiras, pareciam estar ali dispostos para um cerimonial de que ela, a carne, fosse o objecto.

A carne etimológica, da qual todo o sentido da paisagem parecia derivar.[75]

A carne residual, por onde a luz se entranha e entenebrece, absorve o firmamento.

A carne exponencial.

Dir-se-ia que o silêncio, ao inverter-se, se alterara, transformando-se aos poucos em qualquer coisa onde, não sendo já silêncio, mas também não sendo ruído, os nossos ouvidos se abismavam, abrindo-nos o corpo até remotas profundezas. Era um produto da mais completa lucidez, onde só um ou outro elemento estava em contacto ou ostentava ainda os vestígios duma embriaguez passada.

A manhã tinha o estranho aspecto de algo que se tivesse gasto contra os muros da ravina.[76] Dir-se-ia que a pedra absorvera e digerira algo que lhe fosse[77] essencial, e a que provisoriamente poderemos chamar luz, da manhã mais não deixando que uma pele prematuramente enrugada, envelhecida.

Escrita absorvida pela realidade.[78]

A memória entranha-se nos vidros, aureola o que através deles se vê.

Inclinação da memória a vinte e quatro graus,[79] ângulo cuja alteração acarreta uma nova percepção do espaço.

Os abcessos apanhando parcialmente os móveis, enfiando as raízes na irrealidade ou em realidades outras, trazendo para mais perto o mar que se avista da janela, quase que rebenta sobre a folha de papel.

□ para que na sua carne a realidade vingasse □

Não se lembrava da palavra «abcesso» e a coberto desse lapso os abcessos puderam desenvolver-se com toda a impunidade □

Era um espaço tão estreito que nele mal cabia a alma □

... a solidão, uma solidão que se interpunha entre ele e a folha e devorava cada uma das palavras que surgiam no papel, restituindo à página a brancura original.

Quatro ou cinco mesas ao longo da parede, junto à porta (os homens com céu na mente).

Os guindastes, as garrafas de resina, cartazes, a saturação do ar pela memória.

O presente se começava a insinuar nos interstícios dos objectos e, como uma gazua, os ia dilatando até todos eles, como bolhas de ar, virem rebentar à tona.[80]

As teclas do seu espírito batiam na parede.

Solidão quase tangível, sentia-se que a sua força atravessava os vidros e se exercia até uns três ou quatro metros para além da janela.

As imagens da realidade seriam desprovidas de «suporte» — imaginar-lhe um — a luz, o tempo.

Entre a manhã, os espelhos e os lençóis havia uma analogia[81] aquém de qualquer figuração.

□ por onde o paraíso era sugado □

□ um vidro reles, aquém de qualquer sentido □

De súbito a realidade disparara noutra direcção, ou alterara a sua velocidade em relação às coisas circunstantes, cujas feições adquiriam uma função acabrunhada, como se as raízes que mais intimamente as prendessem à realidade definhassem e morressem e as coisas entre si todas se tornassem estrangeiras.

Seria decerto através dessa ferida que a realidade o havia de assaltar □

No écran do cérebro as imagens que o sangue sobre ele bolsava, produzidas no organismo através de todas as operações que nele têm lugar.

O espelho fizesse[82] parte integrante do seu corpo, embora dele aparentemente desligado. Não que o fosse das suas entranhas (que nele se reflectissem), mas sendo ele próprio uma entranha, as imagens que produz sendo tão essenciais para o seu metabolismo como os fluxos[83] produzidos pelas suas glândulas (o espelho era uma glândula, um factor de equilíbrio quando funcionava regularmente). E a janela? Passar-se-ia o mesmo com a vidraça da janela?

Procuro, no que escrevo, uma respiração «textual», registos respiratórios, a qualidade da respiração das palavras decorre da sua adequação ao mundo, da forma como a ele se ligam, da maneira como o (ab)sorvem e o revelam (não se trata de um mero «formalismo») □

Como se os passos fizessem o chão sangrar □

Tábuas cujo ranger sob os nossos passos nos despertam no espírito outros mil ruídos e igual número de palavras, o ruído das ondas que é no nosso espírito uma estrela,[84] o do vento nas velas e nas cordas dos navios, ruídos que nos deixam na exaltante expectativa de palavras que jamais ouvimos mas de cuja existência suspeitamos, palavras cuja própria ausência nos constela o espírito, nos ata ao corpo o espírito em pequenos pontos que nele brilham como estrelas, pontos através dos quais se manifesta a precisão do cosmos □

□ cuja expectativa é tão excitante como um astro □

□ ou quando numa palavra se começa a formar outra □

□ o mar é conjugável como um verbo □

□ em cujo pensamento o céu se entrelaçava □

Façamos a seguinte experiência: acendamos uma vela no futuro e sentemo-nos à espera de que ela se vá tornando visível com o passar do tempo, a que se irá aos poucos misturando □

Enquanto aberto o seu sorriso nos dava a decifrar todo o alfabeto branco dos seus dentes □

□ a memória abre um espaço entre os ossos □

□ o estreito céu que me coroa o pensamento □

□ com uma lâmpada amarrada aos ossos, avançava através da verosimilhança □

□ as partes queimadas da esperança □

Escrever é fazer passar as palavras através de um vidro, sem as destruir. De um vidro, de um muro, de substâncias de que elas se apropriam e cujas qualidades trazem para a página, saindo assim robustecidas dessa travessia.[85]

□ o néon que coroa as vagas □

□ um sol meio entalado entre a substância do deserto e a do mar, a uma luz assim chegada à desconfiança o real é uma sutura □

□ o uso que o silêncio faz da chama □

Na minha vida há espaços, breves aberturas, através dos quais passa a minha morte, a terra da minha sepultura □

□ para que pudesse custear o preço das metáforas, e o céu que as mantinha abertas, ligeiramente erguidas, passando-lhes por baixo e deixando-se entrever à sua transparência. □

□ enquanto sobre a minha carne descem persianas e as imagens do passado que a devoram avançam na penumbra □

□ devido a um estrangulamento nos sentidos, a imagem que o mundo adquirisse □

□ como se à volta de cada um dos seus órgãos se fizesse escuro ou o deserto alastrasse.

□ o amor, a que a pele serve de raiz □

Com mãos[86] idênticas às trevas aproprio-me[87] do espaço, que devoro até ele por completo se converter em paladar □

Entre as lâminas do □ os pensamentos[88] mal passavam, eram como que comprimidas □[89]

Vistas a partir de dentro as palavras tomam proporções fantasmagóricas, dir-se-iam rodeadas de lâmpadas e lentes através das quais nos deslocássemos nadando ao sabor de uma corrente cujos mecanismos nos escapassem.

□ porque, se elas (as palavras) estão fora, o seu sentido está-nos nas entranhas, com as quais, por um desses artifícios que as aproxima do cinema, faz um único corpo indivisível □

□ ao contacto do lençol se formassem[90] visões mesmo sob a pele, uma paisagem tão profunda como a que os olhos apreendem e por igual requinte[91] dos sentidos se chegasse a uma acústica da pele.

□ as sombras são entranhas às avessas □

Estas[92] rochas que encontrei nos livros a partir dos quais as visualizei e tive no meu espírito antes de, como agora, as ter à frente dos meus olhos, □[93]

□ enquanto sulcadas pelas letras se abrem à imaginação, □ em cujas entranhas penetramos sem escafandro nem botija.

A pele que sobre os corpos parece de passagem □

A morte está colada às coisas □

A linha a partir da qual o mundo se demarca engasta-se na morte □

□ o mundo engastado na memória □

Tudo o que nele era visível parecia dimanar do coração. O corpo era um jorro cardíaco.

□ de quem fosse nas veias o sangue a única bagagem □

□ a pele, frequentemente aureolada de memória □

□ abriam-se-lhe as veias ao inferno □

Os nervos, essa rede quase hidrográfica através da qual todo o real nos vem desaguar na carne, tomam com frequência a configuração duma raiz que subrepticiamente nos houvesse mergulhado na memória.

□ um animal de sangue azul □

□ como um pacote de imagens[94] em torno do qual os fios do coração se começassem a deslaçar[95] □

□ imagens intensas do que tenho por passado, muito mais fortes que as que se associam ao que temos por presente — ou seja, as dum passado próximo e do espaço criado pela expectativa, futuro imediato —: desequilíbrio, como se tudo de súbito pesasse mais para dentro do que para fora e, no intuito de encontrar o equilíbrio, tentássemos fazer essas imagens abrir caminho para a realidade, por feridas através das quais nós próprios, com as mãos, forçamos a passagem □

□ deixar-me levar por essa força da vida[96] que desponta em mim, sem referências, como um mar onde de súbito acordasse sem saber que rumo dar ao barco, mas de qualquer modo calmo, aprazível, com um sol a que é gostoso expor o corpo e uma brisa a impedi-lo de tornar-se demasiado forte, e onde qualquer coisa sugerisse para breve o aparecimento duma ilha □

□ aos poros do mistério contra os quais a boca estanca a treva □

□ uma explosão de que a pele fosse o rastilho □

«Nem sempre é fácil reconstituir os caminhos que levam ao coração. Chegamos lá muitas vezes sem sabermos como.»[97]

□ de quando em quando uma lembrança súbita faz escurecer toda a memória □

Cada coisa era apreendida em função do grau de realidade que nela penetrava □

A. absorvia integralmente a luz que através da sua digestão separava das trevas que expelia □[98]

Qualquer que fosse o fato que vestisse ou o lenço que pusesse à volta do pescoço, logo o seu tecido se lhe prendia à memória, da qual, para além disso, acabara por fazer um cofre-forte desde que, em virtude dessa ligação,[99] verificou que o que quer que lhe entrasse na algibeira era instantaneamente assimilado[100] pela lembrança.[101]

☐ o papagaio saiu pela porta errada — em vez de regressar à realidade entrou no esquecimento[102]; o que quer dizer que deixou não só de ser mas de ter sido (no final, estando o homem adormecido, e morrendo de indigestão A., acordou com o papagaio a debicar-lhe novamente as pálpebras) ☐

As palavras mordiam a página com força, consumindo a brancura até dela não restar mais do que a memória entre a tensão das letras.

☐ o homem vivia desde sempre na casa ☐

☐ todas as coisas intimamente se dirigem para aquilo que elas são ☐

Procuro conseguir no tempo uma abertura semelhante à que no espaço se produz de cada vez que estamos frente ao mar[103] ☐

☐ misturava-se ao fumo um relento a álcool acentuado pela estagnação do ar ☐

As imagens tornavam-se pegajosas, qualquer coisa delas exsudava sobre o écran. Sentiu-as de novo, no reduzido espaço a que, no mais fundo de si, lhe pareceu ter de cingir-se tudo o que no seu pensamento era visualizável, uma área exígua onde as imagens se sucediam velozmente[104] e sem qualquer ligação entre si, como se a sua tinta não se lhe agarrasse ao espírito, e que à própria pressão que as outras exercem sobre elas vão buscar a fortíssima tensão de que parecem carregadas. Esse exsudamento de imagens, que lentamente lhe impregnava as vísceras ao ponto de substituir o sangue, era, antes de se tornar nesse fluir contínuo, interpretado por muita gente como uma espécie de comunicação.

A treva tornara a casa inacessível (como aquela outra, algures, a que só podia chegar quem se perdesse). A escuridão multiplicava a distância, enredava os caminhos.[105] Vivia lá um homem (doença de que o real fosse o principal sintoma) que tinha os olhos vidrados e as entranhas ardentes como uma fornalha. Não tinha qualquer outra companhia para além de um papagaio que ao amanhecer lhe vinha debicar as pálpebras. Mas, quando a noite perdurava para além dos seus limites, o animal deixava-se ficar num sono próximo da morte e o dono às vezes tinha de enterrá-lo até que de novo amanhecesse. O papagaio então ressuscitava como se lhe saísse da memória. O tweed dos seus fatos aliava-se ora às entranhas, ora ao firmamento com que eles pareciam confundir-se, tanta conivência pareciam ter,[106] e assim ele quase que se tornava invisível, como se desaparecesse nas entranhas do ar. Quando A. descobriu a casa e nela se instalou, não prestou ao homem e ao papagaio mais atenção que a um bibelot, dado que, mesmo que se apercebesse deles, os olhos do homem não teriam para ele mais significado do que os postigos da cozinha ou as entranhas do que o forno onde desde o primeiro dia se dispôs a preparar as suas refeições. Dir-se-ia que o homem estava numa frequência que os seus sentidos não captavam, impermeável à sua essência metafórica, à dimensão radicalmente metafórica onde as suas raízes mergulhavam,[107] para além de uma vaga sensação que A. não sabia associar a nenhum objecto em particular, o mesmo podendo dizer-se aliás do homem, que prosseguia a sua vida sem qualquer alteração. Como se as respectivas correntes vitais nunca se viessem a cruzar, como se através dos vidros das janelas a realidade se dilatasse e contraísse ou — dando elas, mercê da sua afinidade com os seus olhos, para o espaço das entranhas — o respectivo halo a projectasse noutra dimensão.

NOTAS

Documenta-se aqui o processo de fixação do texto e as suas variantes, quer no que diz respeito aos diferentes livros editados pelo autor, quer aos manuscritos já publicados postumamente, ou ainda aos inéditos.

ONDE À NUDEZ

Em 1987, Luís Miguel Nava reuniria em Poemas *a sua obra publicada até então, dividindo-a entre* Onde à Nudez, *um só título que passava a designar todos os primeiros livros publicados, e* Rebentação *(1984). A nota do autor, em* Poemas, *indica, precisamente: «Sob o título* Onde à Nudez, *que o era já dum texto e da primeira parte do meu segundo livro, reúnem-se aqui, em quatro partes, as minhas três primeiras colectâneas —* Películas, A Inércia da Deserção *e* Como Alguém Disse. *Para efeitos editoriais,* Rebentação *passa assim a ser considerado o segundo volume da minha poesia. Salvo algumas breves supressões ou alterações, os textos aqui reproduzidos são os das primeiras edições. Foi acrescentado um único inédito, "Os nós da escrita", com o qual* Rebentação *a partir de agora integrará cinquenta textos» (*Poemas, *89). Assim, na fixação deste volume confrontam-se as primeiras versões de cada livro (ou secção de livro, no caso de «Onde à Nudez», originalmente publicado em* A Inércia da Deserção*), com aquela versão adoptada em* Poemas.

Películas

Prémio Revelação de Poesia de 1978 da Secretaria de Estado da Cultura com a colaboração da Associação Portuguesa de Escritores. Publicado em 1979 pela Moraes Editores, na Colecção «Círculo de Poesia», com uma tiragem de mil exemplares.

«Em Sintra»

A palavra «sintra» com minúscula na primeira edição é alterada para maiúscula em Poemas.

«O tanque de Bashô»

O nome «bashô» com minúscula na primeira edição é alterado para maiúscula em Poemas.

«O poema»

Em Películas, *os versos 3, 7, 9, 11 e 14 apresentavam um adiantamento de linha, que o autor eliminou na reunião* Onde à Nudez.

No verso 9, em Películas*: «— é eles o arbusto»; em* Onde à Nudez*: «— são eles o arbusto».*

«O mar»

O nome «melville» com minúscula na primeira edição é alterado para maiúscula em Poemas.

Onde à Nudez

A primeira parte do livro A Inércia da Deserção *(cf.* infra *a informação sobre o livro).*

«Brevíssimo crepúsculo»

Na primeira edição, a primeira palavra é «Procuro»; em Poemas, *«Escrevo».*

A Inércia da Deserção

Publicado em 1981 pela & etc, na colecção «subterrâneo três», com uma tiragem de 600 exemplares. Inclui um hors-texte *de Carlos Ferreiro.*

Em Poemas, *as três passagens entre «... procuro às cegas» e «medir forças devagar.» não são incluídas, parecendo tratar-se de um erro na fixação do texto. De facto, os três fragmentos ocupam, em* A Inércia da Deserção, *uma página completa, aparentemente saltada na transcrição. Na nota de* Poemas, *a única alteração substancial indicada é a adição do poema «Os nós da escrita» na reedição de* Rebentação.

Como Alguém Disse

Publicado em 1982 pela Contexto Editora, na colecção «Cábulas de Navegação», com uma tiragem de 1400 exemplares. Inclui reproduções de cinco óleos sobre tela de Manuel Cargaleiro, datados de 1967.

«Falésias»

A primeira versão do terceiro verso, em Como Alguém Disse, *era a seguinte: «da qual o faço vir como um sabor à boca,».*

REBENTAÇÃO

Publicado pela & etc em 1984, numa tiragem de 700 exemplares, com capa e hors-texte *por João Paulo Feliciano. Confronta-se aqui, essencialmente, a primeira edição de* Rebentação *com a reedição em* Poemas.

«Eu, ele»

Na edição original de Rebentação, *os segundo, terceiro e quarto parágrafos são um apenas.*

«Os nós da escrita»

Este poema não constava na primeira edição de Rebentação, *tendo sido adicionado em* Poemas.

«Hosana»

Na primeira edição, a palavra «sabotagem»; emendada em Poemas *para «cabotagem».*

O CÉU SOB AS ENTRANHAS

Publicado em 1989 pela Limiar, na colecção «Os Olhos e a Memória». A capa inclui um desenho de Paulo Roque da Silveira.

«Estacas»

quem sabe, ou amarrá-lo,] *no impresso. Luís Miguel Nava faz a emenda que introduz o ponto de interrogação num exemplar do livro.*

VULCÃO

Publicado em 1994 pela Quetzal Editores. Seis textos deste livro, «Os ecos», «Lembranças», «Um osso», «Três voltas», «Sem outro intuito» e «A noite», foram publicados no ano anterior na plaquette *intitulada* Seis Formas do Invisível *(Ayuntamiento de Málaga, 1993), numa tiragem de 250 exemplares. Numa nota em* Vulcão, *Luís Miguel Nava indica que a publicação dessa* plaquette *se deveu a uma iniciativa de Ramiro Fonte, e que alguns destes textos foram ainda publicados, entretanto, na revista* Limiar *3. É dada a indicação de que a «versão de "Três voltas" [publicada em* Vulcão*] difere ligeiramente da incluída em qualquer dessas publicações» (65), como em seguida se explica.*

«Três voltas»

No primeiro verso, «entre resíduos»; em *Sete Formas do Invisível, «entre os resíduos».*

No quarto verso, «o torna quase incandescente»; em *Sete Formas do Invisível, «os torna quase incandescentes.»*

DISPERSOS

«O olhar do peixe», «Um céu de funcionários», «Um gesto», e «Rios» foram publicados, postumamente, na edição da Poesia Completa 1979-1994 (Lisboa, Publicações Dom Quixote, 2002). *Nesse volume, Gastão Cruz e Fernando Pinto do Amaral explicam que os mesmos fazem parte do conjunto de textos encontrados por Alexandre Garcia no computador de Luís Miguel Nava. A fixação desses textos é aqui feita a partir dos originais, facultados ao editor. No primeiro número da revista* Relâmpago *(1997) foram ainda apresentados «fragmentos inéditos» de cariz metaliterário que nesta edição se reproduzem também, seguindo essa fixação. São eles o conjunto de fragmentos de* incipit *«Há uma espécie de asma mental, em que sufoco» e o curto fragmento de* incipit *«Frequentemente ao olhar uma paisagem».*

«O olhar do peixe»
[1] breve] *não «leve», no original.*
[2] partes-fétiche] *no original. Em linha com a tradição de manter a grafia francesa; dada a justaposição, excepcionalmente uniformiza-se para a grafia portuguesa.*
[3] enormes peças de carne [de tamanho umano cujo transporte as asas não ajudavam nada].] *com o lapso no original; inclui-se a primeira parte do parênteses, mas exclui-se a oração relativa, cuja ideia central é repetida quase nos mesmo termos na frase seguinte.*
[4] B reabriu os olhos.] *sem entrelinha antes; uniformiza-se.*
[5] Andava sempre à cata de histórias [situações],
[6] susceptível de as poder ligar [profundamente]
[7] atarrachar.] *fecham-se as aspas abertas pelo autor, encerrando o discurso directo.*
[8] Quando muito com os anjos, cujas asas eram tão descomunais que, de cada vez que lhas abriam na memória, a obscureciam quase totalmente [por inteiro] [cujas asas no entanto se lhe abriam de tal modo na memória].
«Um céu de funcionários»
[1] «consubstanciação»,] *converte-se a maiúscula.*
[2] versiekerung (?),] *altera-se a ortografia, dubitada pelo autor.*
[3] contivesse o esborrondar / esparramar da vida.
[4] Ia chegar atrasado,] *não «chegando», no original.*
«Um gesto»
[1] sobre a qual não é costume os nossos gestos terem mais efeito que os de quem se industriasse a desenhar cruzes na água.] *o autor inclui as seguintes variantes, optando-se pela primeira:*
... sobre a qual os nossos gestos normalmente não produzem mais efeito que os de quem se industriasse a desenhar cruzes na água.
... sobre a qual os nossos gestos não costumam produzir [ter] maior efeito que os de quem se industriasse a desenhar cruzes na água.
... que os de quem tentasse desenhar cruzes na água.
... que os de quem quisesse desenhar cruzes na água.
«Rios»
[1] não são do que outros tantos tons de verde que / bovinamente a alma saboreia.] *em dois versos, não três.*

INÉDITOS

O LIVRO DE SAMUEL

Original que faz parte do conjunto de textos encontrados no computador de Luís Miguel Nava. Segundo vários amigos do autor, Nava mencionava frequentemente o projecto naqueles que foram os últimos meses de vida. De acordo com Alexandre Garcia, em testemunho na revista Relâmpago *16 (4/2005), o texto terá sido passado para o computador a 29 de Abril de 1995, «apenas dez dias antes da data da morte do Luís Miguel» (p. 95). A sua edição implica a selecção de múltiplas variantes, assinalando-se em seguida todas elas. Não são anotadas correcções especificamente apenas de lapsos ortográficos.*
[1] Paredes meio entricheiradas / de um branco meio entrincheirado / no sono, gastas por quem / pelo sonho de quem / exaustivamente as sonhasse. Ali, no meio da avenida, frente ao mar, por trás da oscilação da tabuleta, a que é que elas / essas paredes / se ligavam?] *«entricheiradas», por lapso, sem* n *no original.*
[2] a configuração de unhas / garras /.
[3] a vida de cada um [, água totalitária].
[4] Sentia tudo aquilo com a língua, a língua era de súbito um sentido suplementar que aglutinava / conjugava / congregava / englobava / todos os outros / restantes /,
[5] e ele [respirasse / inspirasse / através do mar, das rochas, e] as visse através umas das outras,
[6] via o mar visto pelas / como se fosse as / rochas, do pétreo / sólido / ponto de vista das rochas,
[7] saboreava / degustava /,

[8] conversavam com ele (?),
[9] as] *no original, possivelmente reportando-se a «pessoas», mais acima.*
[10] e o copo era contíguo do / ao / tempo
[11] porcos a que fizessem / alguém fizesse / o funeral,
[12] onde as vozes ascendiam [, vozes] esverdeando-lhe os ouvidos,
[13] frente a um / àquele / mar cujas ondas se [lhe] enrolavam na memória,
[14] a abrir caminho [a pulso].
[15] um verde desviado das folhas [para ali], desviado dos astros, [no avesso de qualquer tipo de estrutura,] corrosivo,
[16] e os passos eram / e o dos passos era / o seu único diálogo,
[17] o eco se juntava / irmanava / ao sentido,
[18] As sepulturas a absorver-nos / absorverem /a atmosfera,
[19] subtraindo[-nos] o ar
[20] como se o sangue / ele / as engolisse
[21] linhas [cronológicas] através das quais o mundo arremetia.
[22] à espreita / à coca / de si próprias
[23] [O pão] entrara-lhe na memória
[24] a escarnecê-lo / a escarnecer dele /,
[25] momentos em que [nós] deixamos de ouvir,
[26] A poucas centenas de metros dali...[anjo, negro, soldado azul]] *Nava deixa a frase por terminar e uma entrelinha tripla depois do parágrafo, que assinala que o mesmo teria de ser concluído.*
[27] podia-se fazê-lo nos seguintes termos / do seguinte modo /:...] *como no caso da nota anterior, são deixados uma entrelinha tripla e um tracejado.*
[28] porque a água que bebem / bebeu / é a dos afogados,] *passagem iniciada com minúscula, aparentemente por desenvolver. Este mesmo fragmento é seguido de quatro entrelinhas.*
[29] a manhã cresceu-lhe / passou-lhe / dos olhos para a boca,
[30] Havia pessoas cuja voz as enchia e areia, eram o eserto,] *corrige-se «e areia» para «de areia» e «eserto» para «deserto».*
[31] *Entre «na manhã» e «como se a manhã» existe uma quebra de três entrelinhas, mas opta-se por juntar as passagens, que parecem estar unidas.*
[32] até não haver já / não lhe restar / nem pinga de alma no / seu / corpo.
[33] E acrescentava,:] *opta-se pelos dois pontos, mais habitual para introduzir o discurso directo neste texto de Luís Miguel Nava.*
[34] refractária / alheia / avessa / a medições de qualquer tipo,
[35] Há [, com efeito,] objectos de que só a luz] *opta-se por incorporar a variante.*
[36] acusar / indicar / o peso
[37] variados extractos da memória / do passado /
[38] o mar dilacerado / esfaqueado / a noite inteira
[39] [os olhos os ouvidos,] e os sentidos
[40] como um ínfimo / minúsculo / sistema planetário,
[41] sentava / sentasse /,
[42] (se os houvesse / havia/),
[43] bruhaha] *altera-se a grafia.*
[44] conversava / falava / só em maiúsculas,
[45] uma série de contratempos [e contrariedades]
[46] numa galeria e Paris.] *opta-se por* em Paris.
[47] detectou / descobriu / nelas o seu quê de beato ou compungido...] *inacabado, e com entrelinha tripla em seguida.*
[48] eventos / acontecimentos /,
[49] refluía / se lhe abria ao espírito /.
[50] havia espaços / frestas / através dos quais,
[51] lia:... Kavafis (prosa) , depois] *uma referência para ser desenvolvida mais tarde.*

[52] *Sem texto após a vírgula; seguido por uma entrelinha simples.*
[53] vozes / ruídos / monocórdicas,
[54] um livro que a mais ninguém fosse acessível / a que mais ninguém tivesse acesso / ,
[55] só quem pudesse ler letras soterradas tinha / tivesse / acesso,
[56] um livro onde a luz e as trevas se cifravam / cifrassem / ,
[57] *Sem ponto final.*
[58] alguns [deles / desses círculos]] chegavam / vinham /
[59] fendia / fundia / forjava /,
[60] apurando-lhe as entranhas / a apurar-lhe as vísceras /,
[61] as cores com que o futuro desbotava no presente / cores que do futuro desbotavam no presente /
[62] eternos pescadores ali iam cosendo / cosiam / entrelaçavam.
[63] e talvez por isso dando-se ares de bateria [(talvez por isso se desse ares de bateria)],
[64] [todo ele] cozido
[65] que agora ali se resumia a mastigar, ao gesto de o envolver com a saliva / que momentaneamente se cingia ao gesto de impregná-lo de saliva /
[66] lhe rendesse / ordenasse /
[67] antes de o passado por completo os absorver / extinguir.
[68] as labaredas se alteavam tanto mais / tornavam tanto mais intensas / quanto mais longe / distantes / do presente esses instantes / momentos / se encontrassem,
[69] écran] *sem ponto final no original.*
[70] sol, em volta do qual houve então mesmo quem julgasse / até quem supusesse / terem posto um plástico / houve até quem sugerisse que o haviam envolvido em plástico / o qual não faltou até quem sugerisse estar envolto em plástico,
[71] ou [então]
[72] a novidade se entranhara / inculcara / nele
[73] não [poder] voltar
[74] muitas das quais / delas / inventadas
[75] tudo o que precede / fica para trás /
[76] quanto mais enterrados os écrans estivessem / mais fundo os écrans houvessem sido enterrados, mais cheia de sentido a luz que difundiam / os envolvia / (imagens / luz / que de memória pura ali jorrasse/m/ destruí-los-ia/m/),
[77] Samuel sentiu / de súbito entendeu /
[78] a pele de / a / um condenado / justiçado /.
[80] Samuel, sentado entre os écrans e, tal como eles, completamente soterrado, ali, numa esplanada àquela hora ainda quase sem ninguém, como Fermin (Citar: «só quem beber poderá entender...»)
[81] Entrara-lhe / Samuel sentiu / na alma
[82] se ele logo a seguir / então / não fizesse intervir a língua,
[83] transformando-o assim numa visão mais funda que os sentidos / se a língua, começando a trabalhar, dele não fizesse uma visão mais funda que os sentidos / / a qual, fazendo-o alastrar da alma ao coração, o transformou numa visão mais funda que os sentidos
[84] qualquer deles expulso / escorraçado / rechaçado / irradicado /,] *com i no original, por lapso.*
[85] mas que o fazia / fizesse /
[86] *Sem ponto final no original.*
[87] um par de namorados totalmente embevecidos / no mais completo enlevo /
[88] *Sem ponto final no original.*
[89] [cujas vozes] o coração embranquecia / branqueava-lhes as vozes,
[90] as suas vidas] *sem ponto final no original.*
[91] um sol que o dentro e o fora houvessem suprimido / entre ambos mais não fosse que o «relais» / «racord» / um sol que o nosso coração de ambos tivesse erradicado —,
[92] *Elimina-se o espaço entre «informação» e o ponto final.*
[93] *Sem ponto final no original.*
[94] algo que nela os documentos / dossiers / houvessem inculcado,

[95] se esquivasse à realidade / nossa percepção / ou pelo menos à que está ao rés da percepção.
[96] ficasse / se tornasse / secretíssima, esquivando-se........
[97] de uma forma menos consistente / consequente /,
[98] foi largando / deixando / o azul cantante
[99] intervinha / participava /,
[100] a graduar-lhes a chama da inocência / graduando-lhes a astúcia e a inocência.
[101] parecia aglutinar-se / amalgamar-se /,
[102] sonsando-os do avesso,] *no original.*
[103] numa dimensão mais abismada / vertiginosa /, [como] coisas [sentidos] de que a única medida / bitola / fosse o abismo,
[104] ou que que a distância toda aí se concentrara] *elimina-se o segundo «que».*
[105] *Sem ponto final.*
[106] Samuel sentia-os [os sentidos]] *opta-se por manter o substantivo.*
[107] evacuados / escorraçados / da geografia,
[108] a que o plástico tivesse entrado / penetrado / na inocência,
[109] consistência / contextura /
[110] antes de se [ir] trocar
[111] cada um traz / trouxesse / dentro de si,
[112] de uma / dessa / tão simples reacção
[113] dependência da inteireza / integridade / do mundo,
[114] espelhos já pertencem / pertencessem já /,
[115] memória-sentimento] *une-se o segundo termo ao hífen.*
[116] mais agudo e percuciente / percutante /
[117] a lã ao corpo de uma ovelha / das ovelhas /,
[118] de que a essência fosse o envólucro,] *com «e», por lapso, no original.*
[119] forma que as coisas tivessem / tinham / de morder na realidade e esta nas coisas, e uma e outras no papel que atravessassem / atravessavam /,
[120] mãos cuja brancura, repartida entre as páginas e elas / compartida com as páginas / ,
[121] uma brancura a que elas se chegassem / que a elas se chegasse /
[122] Samuel olhou as mãos à própria luz desse poder ali subitamente descoberto / revelado /
[123] era / fosse / um desejo apenas já de amanhecer
[124] *Esta e as cinco frases cinco seguintes, sem maiúscula inicial nem ponto final.*
[125] com / Samuel sentiu / o mar a aquilatar-lhe a transparência
[126] tudo aquilo a que o interior vem misturar-se / se misturasse /,
[127] ali toda / de súbito / absorvida,
[128] a cal a desprender-se / desertar / do coração,
[129] tanto bastara para eles julgarem / que eles julgassem / ser humanos,
[130] Samuel vislumbrou / viu / um anjo
[131] que se estava a transformar numa galinha / a ganhar forma de galinha / ,
[132] o céu se recusava a perder / largar /
[133] [a] água
[134] seteestrelo] *no original.*
[135] Samuel estava deveras / verdadeiramente / fascinado
[136] a memória abraçava / abarcava / a refeição,
[137] trevas verdejavam de uma forma /, faziam-no de um modo / como que anterior à realidade,
[138] havia qualquer coisa ali / nele /
[139] mais não era agora / nela / já
[140] e era um facto que as piscinas ajudavam a entender / entendê-lo /,
[141] as bordas / os bordos /
[142] as / os /
[143] antes de chegarem / voltarem / à visão,

[144] sentidos..] *elimina-se o segundo ponto.*
[145] a cuja fome o céu se poderia comparar / podia comparar-se / ,
[146] a realidade seguiria / acompanhava /
[147] descia / descer / através dela à alma,
[148] o céu esta desfeito / esgotado / ,] *corrige-se também o acento.*
[149] imaginou então que era possível inverter a narrativa, a realidade, depois de a acertar como um relógio — um dos ponteiros era a narrativa, o outro a descrição (ambos agora ali coincidiam / coincidentes) / Samuel acreditava que, escavando o livro, era possível inverter a narrativa, a realidade, fazê-la avançar ou recuar / adiantar-se ou atrasar-se / , ou ser capaz de a acertar como um relógio de que um dos ponteiros (o das horas) fosse a narrativa e o outro (o dos minutos) fosse a descrição /.
[150] com quantos sóis trazia / trouxesse / na memória
[151] [e] um outro
[152] despejara / vomitara / ,
[153] só ali corresse / corria / [, agora,]
[154] que ele [agora] ali estava,
[155] moldando-lhe a memória, ou invertendo-lhe o sentido / moldava-lhe a memória, ou invertia--lhe o sentido / , [e] quem [então] de baixo,
[156] uma das quais lhe chegou mesmo a abrir / lhe abrira mesmo / um rombo na memória / e das quais uma lhe abriu mesmo / lhe chegara mesmo a abrir / um rombo na memória / ,
[157] — havia gente a quem a extraíam através da boca, outra do cu { havia-os a quem a extraiam através da boca, outros [através] do cu [(era de cócoras)] —,
[158] agora [ali]
[159] tendo atravessado subterraneamente [toda] a narrativa,
[160] a manhã contorcida / toda retorcida / / a estorcer-se / até ao fundo,
[161] a comida era a visão] *sem ponto final.*
[162] o asfalto a desprender-se / libertar-se / do infinito,
[163] passos pelo interior dos quais [de cujo som] se pressentia um cair de água,
[164] e o frango voltou instantaneamente à vida. / e [até] o frango voltou à vida e tudo / .
[165] a carne entrara nos / estava dentro dos / transístores, abafava [agora]
[166] entre índole e saliva, [o branco a transmigrar da neve para as dunas]
[167] trazia de repente o mar de dentro para fora / para muito perto / ,
[168] superfície] *sem ponto final*

ROMANCE

Original que faz parte do conjunto de textos encontrados no computador de Luís Miguel Nava. Alexandre Garcia indica que o ficheiro original tinha associada a data de 9 de Fevereiro de 1995. A sua edição implica, entre outros processos, a selecção de múltiplas variantes, assinalando-se em seguida todas elas. Não são anotadas correcções especificamente apenas de lapsos ortográficos.
[1] por onde passava a traição [a solidão].
[2] invisível.
[3] *Reduz-se o espaço a seguir ao parágrafo, de entrelinha dupla para simples.*
[4] *Acrescenta-se uma entrelinha, para uniformizar com outros espaçamentos.*
[5] como uma bomba [dum poço),
[6] Podera a sua própria carne amordaçá-lo?] *opta-se por* poderia.
[7] o que nela houvesse de essencial - cf. Sá-Carneiro e Marina Tsvetaieva, L'offense lyrique, p. 22
[8] consome a vida [a realidade],
[9] A vida (a realidade)
[10] O sol conheceu o ocaso (o acaso) cf. P. A. Vieira

[11] 24 horas] *com o numeral, no original.*

[12] Como se aquele contacto desse passagem à tarde / manhã e esta assim lhe invadisse o espírito / as entranhas.

[13] A velocidade a que o mar / a paisagem se lhe impunha

[14] à frente da porta do restaurante / café contíguo à recepção,

[15] formas capazes de competir [contracenar] com as dessa mesma realidade.

[16] Cabos de mercúrio que conduziam / desembocavam em a pequenas câmaras.

[17] proteger de qualquer calamidade. Ver Stephen Buckley

[18] *Opta-se por se manter a grafia original do autor:* néons.

[19] pionaises] *no original.*

[20] se produzir uma profunda / radical mutação no espaço, do qual se poderiam assim explorar todas as «nuances» / todos os cambiantes / matizes,

[21] feirante,] *passa-se para o plural.*

[22] *Sem espaço entre as reticências e a primeira palavra, como em todos as passagens que iniciam com esse sinal de pontuação.*

[23] A alma presa aos fios / a alma atravessa-se nos fios.

[24] Como um pequeno dispositivo [de uma forma anódina e discreta cuja presença quase passasse despercebida] previsto exclusivamente para esse efeito,

[25] o rio se lhe pôs a correr por dentro da paixão [começara a correr pelo interior dessa paixão].

[26] *Nas linhas seguintes Luís Miguel Nava faz várias notas para si mesmo:* «/ válvulas / Citar o excerto do Teixeira-Gomes sobre as docas, *Agosto Azul* , pp. 29-30. / Incluir: / — Excerto do Genet sobre o jogo do anjo, marinheiro, etc. (*NDF* , 19?) / — Excerto do diário do Kavafis, onde diz que esteve doente por causa de um copo de água «rancia» (ver se o texto está traduzido na Hiena) / — As palavras escritas pelo Aizi sobre a morte do Genet (escrevê-las nos vidros).» *Corrigem-se alguns espaçamentos. Note-se que algumas referências cruzam-se com o texto de* Samuel. *Elimina-se a seguinte passagem, variante daquela reproduzida quase nos mesmos termos dois parágrafos adiante no texto:* «Num dos quartos ao lado, uma cama rangia sob o peso do mundo.»

[27] alternando com o som de um cano [uma torneira]

[28] O coração esganiça-se / se esganiçava.

[29] A pulsação / intermitência da realidade.

[30] na(s) raiz(es).

[31] medir a pressão / tensão das imagens

[32] Frascos / garrafas cheios de raízes.

[33] *D.Quijote* , *Recherche* , *Cem Anos de Solidão* .] *alteram-se os espaçamentos.*

[34] um certo peso que é da ordem do abstracto [ao vermo-los, nos mobilizam o espírito]

[35] O bife / esse pedaço de carne

[36] não se aperceberá (Claudio Rodriguez: os poetas são como os iogurtes, tienen fecha de caducidad, limite de validade).

[37] exasperam-no] *passa-se para o imperfeito, por uma questão de concordância.*

[38] as coisas que se prestavam à descrição exasperavam-no [começavam a exasperá-lo]

[39] Olhava com tal intensidade as coisas / os objectos que acabava por as/os sentir na língua, nos ouvidos, apropriando-se de toda a sua interioridade [abarbatando-se da sua interioridade]

[40] Como uma halografia da alma [alma halográfica]

[41] demasiado magro [com escassos cabelos]

[42] a árvore de que a realidade [o ral] [as suas percepções] fosse[m] / era[m] o fruto.

[43] e o fizeram rodar vertiginosamente / ensurdecedoramente,

[44] treva / movimento / agonia.

[45] Água comida — cf. carta de Pasternak a M. Tsvetaeva.

[46] sítio [neste caso, a mesa de trabalho do Rilke]

[47] «rayonnement» (irradiação? brilho?)

[48] época [ideia a partir do que M. Tsvetaieva diz ao Rilke ao mandar-lhe os seus livros].

[49] Objecto — o simples / próprio facto
[50] transbordando [ensanguentada] da consciência
[51] a atmosfera [o ambiente],
[52] a consciência a despejá-la por todas as válvulas [à medida que se volatilizava despejava-a por todas as válvulas].
[53] *Acrescento uma entrelinha.*
[54] consciência / memória,
[55] e as sombras ficam a boiar [a mergulhava na banheira e as sombras ficavam a boiar],
[56] as imagens das ?,
[57] puxado / articulado
[58] África. («tonight I will be shiting in Africa»).
[59] Pesavam-lhe as entranhas na consciência / Sentia na consciência o peso das entranhas
[60] sentiu engolfar-se através deles um punhado de imagens / atravessou-os uma golfada de imagens,
[61] *Acrescenta-se entrelinha, que possivelmente não aparece no original devido à mudança de página.*
[62] Era como se entre os dentes remoesse(m) o(s) seu(s) próprio(s) sonho(s), um sonho que lhe tivessem servido já sonhado,
[63] faltavam já as travessas (?),
[64] Quatro paredes que na solidão [citar Vallejo], alguém que ali estivesse talvez as humanizasse [Pasternak a Tsvetaieva], as palavras que ele rabiscava nas folhas de papel recusavam-se a iluminar o espaço [Pasternak],
[65] a atrair (fazer vir) ali o mar
[66] um suplemento de trevas de que os objectos não se podiam refazer [venir à bout de] [com que os objectos não podiam competir],
[67] assim a carne posta frente ao mar o absorve e incorpora de uma forma [em que as águas se misturam com as trevas / se imiscem nas trevas],] *«imiscem» no original.*
[68] Le hasard. A madeira torna-se «hasardeuse», arriscada.] *passa-se o francês a itálico.*
[69] entra com eles / sitia-os.
[70] cujas formas / redes / proporções,
[71] As fendas recentes, através das quais o passado entrava em catadupas, o sopro maternal [nas garrafas prendem-se aos ramos, às folhas, como se o passado se esfiapasse, esfarrapasse, e pedaços seus ficassem presos às ramagens]
[72] meio metida no sono [penetrando no sono / parte da qual penetrava o sono / entrincheirada no sono],
[73] Carne que sem qualquer vergonha / pudor / com toda a desfaçatez o atraiçoava.
[74] a realidade que se consubstanciava no som / ronco
[75] da qual todo o sentido da paisagem / toda a paisagem parecia derivar.
[76] A manhã tinha o estranho / bizarro aspecto de algo que se tivesse gasto contra os muros / as pedras da ravina.
[77] fosse / era
[78] *Acrescenta-se entrelinha depois desta passagem e da seguinte.*
[79] 24 graus,] *com o numeral no original.*
[80] O presente se começava a insinuar nos interstícios dos objectos e, como uma gazua, os ia dilatando [até todos eles, como bolhas de ar, virem rebentar à tona do presente].
[81] havia uma analogia / afinidade
[82] *No subjuntivo, no original.*
[83] como os fluxos / secreções / humores
[84] que é no nosso espírito uma estrela [que nos constela o espírito],
[85] , saindo assim robustecidas dessa travessia / de que, quando não perecem, saem robustecidas.]
[86] mãoes] *no original.*
[87] aproprio-me / apodero-me
[88] os pensamentos / as imagens

[89] exprimidas / comprimidas] *leia-se* espremidas.
[90] ao contacto do lençol se formassem / produzissem
[91] igual requinte / refinamento
[92] / Estas] *aparentemente uma gralha.*
[93] *Acrescenta-se entrelinha.*
[94] como um pacote / volume de imagens
[95] deslaçar] *no original.*
[96] deixar-me levar por essa (força da) vida
[97] sem sabermos como».] *passa-se o ponto final para antes do fecho de aspas.*
[98] *Elimina-se a passagem que se segue, no original, também separada por uma entrelinha, já que é uma variante simples do parágrafo subsequente:* Não havia fato que vestido ou lenço que atasse ao pescoço cujo tecido de imediato se lhe não prendesse à memória
[99] em virtude dessa relação / ligação,
[100] era instantaneamente assimilado / absorvido
[101] *Elimina-se a passagem que se segue, no original, também separada por entrelinhas:* treva — elemento / função estruturante
[102] entrou / mergulhou no esquecimento
[103] de cada vez que estamos / nos pomos frente ao mar
[104] onde as imagens se «bosculaient»se sucediam velozmente
[105] A escuridão multiplicava a distância, enredava os caminhos [De noite multiplicavam-se as distâncias e os caminhos enredavam-se no escuro antes de lá chegar].
[106] O tweed dos seus fatos aliava-se ora às entranhas, ora ao firmamento com que eles pareciam confundir-se [tanta conivência pareciam ter],
[107] Dir-se-ia que o homem estava numa frequência que os seus sentidos não captavam[impermeável / insensível à sua essência metafórica, à dimensão radicalmente / essencialmente metafórica onde as suas raízes mergulhavam],